同题散文经典

陈子善 蔡翔 ◎ 编

谈吃
上海的吃及其他

夏丏尊 王安忆 等 ◎ 著

人民文学出版社

图书在版编目(CIP)数据

谈吃　上海的吃及其他／夏丏尊等著；陈子善，蔡翔编.
—北京：人民文学出版社，2017(2024.10 重印)
(同题散文经典)
ISBN 978-7-02-012777-1

Ⅰ.①谈…　Ⅱ.①夏…　②陈…　③蔡…　Ⅲ.①散文集
-中国-现代②散文集-中国-当代　Ⅳ.①I266

中国版本图书馆 CIP 数据核字(2017)第 100558 号

责任编辑：朱卫净　张玉贞
封面设计：汪佳诗

出版发行　人民文学出版社
社　　址　北京市朝内大街 166 号
邮政编码　100705

印　　刷　山东新华印务有限公司
经　　销　全国新华书店等

开　　本　890 毫米×1240 毫米　1/32
印　　张　7.5
插　　页　2
字　　数　165 千字
版　　次　2017 年 7 月北京第 1 版
印　　次　2024 年 10 月第 4 次印刷

书　　号　978-7-02-012777-1
定　　价　39.00 元

如有印装质量问题，请与本社图书销售中心调换。电话：010 - 65233595

编辑例言

中国素来是散文大国,古之文章,已传唱千世。而至现代,散文再度勃兴,名篇佳作,亦不胜枚举。散文一体,论者尽有不同解释,但涉及风格之丰富多样,语言之精湛凝练,名家又皆首肯之。因此,在时下"图像时代"或曰"速食文化"的阅读气氛中,重读散文经典,便又有了感觉母语魅力的意义。

本着这样的心愿,我们对中国现当代的散文名篇进行了重新分类编选。比如,春、夏、秋、冬,比如风、花、雪、月……等等。这样的分类编选,可能会被时贤议为机械,但其好处却在于每册的内容相对集中,似乎也更方便一般读者的阅读。

这套丛书将分批编选出版,并冠之以不同名称。选文中一些现代作家的行文习惯和用词可能与当下的规范不一致,为尊重历史原貌,一律不予更动。考虑到丛书主要面向一般读者,选文不再注明出处。由于编选者识见有限,挂一漏万在所难免,遗珠之憾也将存在。这些都只能在日后逐步弥补,敬请读者诸君多多指教。

目录

食

故乡的野菜

◎周作人

　　我的故乡不止一个,我住过的地方都是故乡。故乡对于我并没有什么特别的情分,只因钓于斯游于斯的关系,朝夕会面,遂成相识,正如乡村里的邻舍一样,虽然不是亲属,别后有时也要想念到他。我在浙东住过十几年,南京东京都住过六年,这都是我的故乡;现在住在北京,于是北京就成了我的家乡了。

　　日前我的妻往西单市场买菜回来,说起有荠菜在那里卖着,我便想起浙东的事来。荠菜是浙东人春天常吃的野菜,乡间不必说,就是城里只要有后园的人家都可以随时采食,妇女小儿各拿一把剪刀一只"苗篮",蹲在地上搜寻,是一种有趣味的游戏的工作。那时小孩们唱道:"荠菜马兰头,姐姐嫁在后门头。"后来马兰头有乡人拿来进城售卖了,但荠菜还是一种野菜,须得自家去采。关于荠菜向来颇有风雅的传说,不过这似乎以吴地为主。《西湖游览志》云:"三月三日男女皆戴荠菜花。谚云:三春戴荠花,桃李羞繁华。"顾禄的《清嘉录》上亦说:"荠菜花俗呼野菜花,因谚有三月三蚂蚁上灶山之语,三日人家皆以野菜花置灶陉上,以厌虫蚁。清晨村童叫卖不绝。或妇女簪髻上以祈清目,俗号眼亮花。"但浙东人却不很理会这些事情,只是挑来做菜或炒年糕吃罢了。

黄花麦果通称鼠曲草,系菊科植物,叶小微圆互生,表面有白毛,花黄色,簇生梢头。春天采嫩叶,捣烂去汁,和粉做糕,称黄花麦果糕。小孩们有歌赞美之云:

黄花麦果韧结结,

关得大门自要吃;

半块拿弗出,一块自要吃。

清明前后扫墓时,有些人家——大约是保存古风的人家——用黄花麦果作供,但不作饼状,做成小颗如指顶大,或细条如小指,以五六个作一攒,名曰茧果,不知是什么意思,或因蚕上山时设祭,也用这种食品,故有是称,亦未可知。自从十二三岁时外出不参与外祖家扫墓以后,不复见过茧果,近来住在北京,也不再见黄花麦果的影子了。日本称作"御形",与荠菜同为春的七草之一,也采来做点心用,状如艾饺,名曰"草饼",春分前后多食之,在北京也有,但是吃法总是日本风味,不复是儿时的黄花麦果糕了。

扫墓时候所常吃的还有一种野菜,俗名草紫,通称紫云英。农人在收获后,播种田内,用作肥料,是一种很被贱视的植物,但采取嫩茎瀹食,味颇鲜美,似豌豆苗。花紫红色,数十亩接连不断,一片锦绣,如铺着华美的地毯,非常好看,而且花朵状若蝴蝶,又如鸡雏,尤为小孩所喜。间有白色的花,相传可以治痢,很是珍重,但不易得。日本《俳句大辞典》云:"此草与蒲公英同是习见的东西,从幼年时代便已熟识。在女人里边,不曾采过紫云英的人,恐未必有吧。"中国古来没有花环,但紫云英的花球却是小孩常玩的东西,这一层我还替那些小人们欣幸的,浙东扫墓用鼓吹,所以少年常随了乐音去看"上坟船里的姣姣";没有钱的人家虽没有鼓吹,但是船头上篷窗下总露出些紫云英和杜鹃的花束,这也就是上坟船的确实的证据了。

1924 年 4 月 5 日

略谈杭州北京的饮食

◎俞平伯

不懂烧菜,我只会吃,供稿于《中国烹饪》很可笑①。亦稍有可说的,在我旧作诗词中有关于饮食,杭州西湖与北京的往事两条。

一　词中所记

于庚申、甲子间(一九二〇——一九二四),我随舅家住杭垣,最后搬到外西湖俞楼。东面一小酒馆曰楼外楼,其得名固由于"山外青山楼外楼"的诗句,但亦与俞楼有关。俞楼早建,当时亦颇有名,酒楼后起,旧有曲园公所书匾额,现在不见了。

既是邻居,住在俞楼的人往往到楼外楼去叫菜。我们很省俭,只偶尔买些蛋炒饭来吃。从前曾祖住俞楼时,我当然没赶上。光绪壬辰赴杭,有单行本《曲园日记》,于"三月"云:

> 初八日,吴清卿河帅、彭岱霖观察同来,留之小饮,买楼外楼醋熘鱼佐酒。

---

① 原载 1982 年 8 月 28 日《中国烹饪》双月刊第 4 期。

更早在清乾隆时,吴锡麒《有正味斋日记》说他家制醋缕鱼甚美,可见那时已有了。"缕""熘"音近,自是一物。"醋缕"者,盖饰以彩丝所谓"俏头",与今之五柳鱼相似,"柳"即"缕"也。后来简化不用彩丝,名醋熘鱼。此颇似望文生义,或"熘"即"缕"、"柳"之音讹。二者孰是,未能定也。

于二十年代,有《古槐书屋词》,许宝骙写刻本。《望江南》三章,其第三记食品。今之影印本,乃其姐宝驯摹写,有一字之异,今录新本卷一之文:

> 西湖忆,三忆酒边鸥。楼上酒招堤上柳,柳丝风约水明楼,风紧柳花稠。　　鱼羹美,佳话昔年留。泼醋烹鲜全带冰("冰",鱼生,读去声),乳莼新翠不须油。芳指动纤柔。

(《双调望江南》之第三)

此词上片写环境。旧日楼外楼,两间门面,单层,楼上悬店名旗帜,所云"楼上酒招堤上柳",有青帘沽酒意。今已改建大厦,辉煌一新矣。

下片首两句言宋嫂鱼羹。宋五嫂原在汴京,南渡至临安(今杭州),曾蒙宋高宗宣唤,事见宋人笔记。其鱼羹遗制不传,与今之醋鱼有关系否已不得而知,但西湖鱼羹之美,口碑流传已千载矣。

第三句分两点。"泼醋烹鲜"是做法。"烹鱼"语见《诗经》。醋鱼要嫩,其实不烹亦不熘,是要活鱼,用大锅沸水烫熟,再浇上卤汁的。鱼是真活,不出于厨下。楼外楼在湖堤边置一竹笼养鱼,临时采用,我曾见过。"全带冰(柄)"是款式,醋鱼的一部分。客人点了这菜,跑堂的就喊道,"全醋鱼带柄

(?)",或"醋鱼带柄"。"柄"有音无字,呼者恐亦不知,姑依其声书之。原是瞎猜,非有所据。等拿上菜来,大鱼之外,另有一小碟鱼生,即所谓"柄"。虽是附属品,盖有来历。词稿初刊本用此字谐声,如误认为有"把柄"之意就不甚妥。后在书上看到"冰"有生鱼义,读仄声,比"柄"切合,就在摹本中改了。可惜读时未抄下书名,现已忘记了。

尝疑"带冰"是"设脍"遗风之仅存者。"脍"字亦作"鲙",生鱼也。其渊源甚古,在中国烹饪有千余年的历史。《论语》"脍不厌细"即是此品,可见孔夫子也是吃的。晋时张翰想吃故乡的莼鲈,亦是鲈鲙。杜甫《姜七少府设鲙》诗中有"饔人受鱼鲛人手,洗鱼磨刀鱼眼红,无声细下飞碎雪,有骨已剁觜春葱"等句,说鱼要活,刀要快,手法要好,将鱼刺剁碎,撒上葱花,描写得很详细。宋人说鱼片其薄如纸,被风吹去,这已是小说的笔法了。设鲙之风,远溯春秋时代,不知何年衰歇。小碟鱼冰,殆犹存古意。日本重生鱼,或亦与中国的鲙有关。

莼鲈齐名,词中"乳莼新翠不须油"句说到莼菜,在江南是极普通的。苏州所吃是太湖莼。杭州所吃大都出绍兴湘湖,西湖亦有之而量较少。莼羹自古有名。"乳莼"言其滑腻,"新翠"言其秀色,"不须油"者是清汤,连上"烹鲜"(醋鱼)亦不须油。此二者固皆可餐也。《曲园日记》三月二十二日云:

> 吾残牙零落,仅存者八,而上下不相当,莼丝柔滑,入口不能捉摸,……因口占一诗云:"尚堪大嚼猫头笋,无可如何雉尾莼。"

公时年七十二,自是老境,其实即年轻牙齿好,亦不易咬着它,其妙处正在于此。滑溜溜,囫囵吞,诚蔬菜中之奇品,其得味,全靠好汤和浇头(鸡、火腿、笋丝之类)衬托。若用纯素,就太清淡了。以前有一种罐头,内分两格,须两头开启,一头是莼菜,一头是浇头,合之为莼菜汤,颇好。

以上说得很啰嗦。却还有些题外闲话。"莼鲈"只是诗中传统的说法,西湖酒家的食单岂限于此。鱼虾,江南的美味。醋鱼以外更有醉虾,亦叫炝虾,以活虾酒醉,加酱油等作料拌之。鲜虾的来源,或亦竹笼中物。及送上醉虾来,一碟之上更覆一碟,且要待一忽儿吃,不然,虾就要蹦起来了,开盖时亦不免。

还有家庭仿制品,我未到杭州,即已尝过杭州味。我曾祖来往苏杭多年,回家亦命家人学制醋鱼、响铃儿。醋鱼之外如响铃儿,其制法以豆腐皮卷肉馅,露出两头,长约一寸,略带圆形如铃,用油炸脆了,吃起来哗哗作响,故名"响铃儿"。"儿"字重读,杭音也。《梦粱录》曰"中瓦子前谓之五花儿中心",三字杭音宛然相似,盖千年无改也。后来在杭尝到真品,方知其差别。即如"响铃儿",家仿者黑小而紧,市售者肥白而松,盖其油多而火旺,家庖无此条件。唐临晋帖,自不如真,但家常菜亦别有风味,稍带些焦,不那么腻,小时候喜欢吃,故至今犹未忘耳。

二　诗中所记

一九五二壬辰《未名之谣》歌行中关于饮食的,杭州以外又说到北京,分列如下,先说杭州。

> 湖滨酒座擅烹鱼,宁似钱塘五嫂无?
> 盛暑凌晨羊汤饭,职家风味思行都。

这里提到烹鱼、羊汤饭。吴自牧《梦粱录》曰：

> 杭城市肆各家有名者，如……钱塘门外宋五嫂鱼
> 羹，……中瓦前职家羊饭。

（卷十三"铺席"）

钱塘是临西湖三城门之一，非泛称杭州。瓦子是游玩场所，中瓦即中瓦子。

"羊汤饭"，须稍说明。这个题目原拟写入《燕知草》，后因材料不够就搁下了。二十年代初，我在杭州听舅父说有羊汤饭，每天开得极早，到八点以后就休息了。因有点好奇心，说要去尝尝，后来舅父果然带我们去了，在羊坝头，店名失忆。记得是个夏天，起个大清早，到了那边一看，果然顾客如云，高朋满座。平常早点总在家吃，清晨上酒馆见此盛况深以为异，食品总是出在羊身上的，白煮为多，甚清洁。后未再往。看到《梦粱录》、《武林旧事》，皆有"羊饭"之名，"羊汤饭"盖其遗风。所云"职家"等等疑皆是回民。诗云"行都"，南渡之初以临安为行在，犹存恢复中原意。

北来以后，京中羊肉馆好而且多，远胜浙杭。但所谓"爆、烤、涮"却与羊汤饭风味迥异，羊汤饭盖维吾尔族传统吃羊肉之法，迄今西北犹然，由来已久。若今北京之东来顺、烤肉宛的吃法或另有渊源，为满、蒙之遗风欤。

说到北京，其诗下文另节云：

> 杨柳旗亭堠系马，却典春衣无顾藉。
>
> 南烹江腐又潘鱼，川闽肴蒸兼貂炙。

首二句比拟之词不必写实。如京中酒家无旗亭系马之事。次句用杜诗"朝回日日典春衣"，我不曾做官，何"典春衣"之有？

且家中人亦必不许。"无顾藉",不管不顾,不在乎之意,言其放浪耳。

但这两句亦有些实事作影,非全是瞎说。在上学时,我有一张清人钱杜(叔美)的山水画,簇新全绫裱的。钱氏画笔秀美,舅父凤喜之,但这张是赝品,他就给了我,我悬在京寓外室,不知怎的就三文不当两文地卖给打鼓儿的了。固未必用来吃小馆,反正是瞎花掉了,其谬如此,故云"无顾藉"也。如要在诗中实叙,自不可能。至于"杨柳旗亭堪系马",虽无"系马"事,而"杨柳旗亭",略可附会。

北京酒肆中有杨柳楼台的是会贤堂。其地在什刹海的北岸。什刹海垂杨最盛,更有荷花。会贤堂乃山东馆子,是个大饭庄,房舍甚多,可办喜庆宴会,平时约友酒叙,菜亦至佳。夏日有冰碗、水晶肘子、高力莲花、荷叶粥,皆祛暑妙品。冬日有京师著名的山楂蜜糕。我只是随众陪坐,未曾单去。大饭庄是不宜独酌的。卢沟桥事变后,就没有再到了,亦不知其何时歇业。在作歌时,此句原是泛说,非有所指。现在想来,如指实说,却很切合,谁也看不出有什么差错来。可见说诗之容易穿凿附会也。

我虽久住北京,能说的饮馔却亦不多,如下文纪实的。"南烹江腐又潘鱼",谓广和居。原在宣外北半截胡同,晚清士夫觞咏之地。我到京未久,曾随尊长前往,印象已很模糊。其后一迁至西长安街,二迁至西四丁字街,其地即今之同和居也。

"南烹"谓南方的烹调,以指山东馆似不恰当,但山东亦在燕京之南,而下文所举名菜也是南人教的。"江豆腐"传自江韵涛太守①,用碎豆腐,八宝制法。潘鱼,传自潘耀如编修,福建人(俗云潘伯寅所传,盖非),以香菇、虾米、笋干作汤川鱼,其味清美。又有吴鱼片汤传自吴慎生中书,亦佳。以人得名的肴馔,他肆亦有之,只此店有近百年的历史,故记之耳。我只去过一次,未能多领略。

北京乃历代的都城,故多四方的市肆。除普通食品外,各有其拿手菜,不相混淆,我初进京时犹然。最盛的是山东馆,就东城说,晚清之福全馆,民初之东兴楼皆是。若北京本地风味,恐只有和顺居白肉馆。烧烤,满蒙之遗俗。

"川闽肴蒸兼貊炙。"说起川馆,早年宣外骡马市大街瑞记有名,我只于一九二五年随父母去过一次。四川菜重麻辣,而我那时所尝,却并不觉得太辣。这或由于点菜"免辣"之故,或有时地、流派的不同。四川菜大约不止一种。如今之四川饭店,风味就和我忆中的瑞记不同。又四十年代北大未迁时,景山东街开一四川小铺,店名不记得。它的回锅肉、麻婆豆腐,的确不差,可是真辣。

闽庖善治海鲜,口味淡美,名菜颇多。我因有福建亲戚,婶母亦闽人,故知之较稔。其市肆京中颇多。忆二十年代东四北大街有一闽式小馆甚精,字号失记。那时北洋政府的海军部近十二条胡同,官吏多闽人,遂设此店,予颇喜之。店铺以外还有单干的闽厨(他省有之否,未详),专应外会筵席,如我家请教过的有王厨(雨亭)、林厨。某厨之称,来源已久,如宋人记载中即有"某厨开沽"之文,不止一姓。以厨丁为单位,

---

① 以上三条所记人名,俱见夏孙桐(闰枝)《观所尚斋诗存·广和居记事诗》注,其言当可信。——作者原注

较之招牌更为可靠。如只看招牌，贸贸然而往，换了"大师父"，则昨日今朝，风味天渊矣。"吃小馆"是句口头语，却没有说吃大馆的，也是同样的道理。

貊炙有两解，狭义的可释为"北方外族的烤肉"，广义借指西餐。上海人叫大菜，从英文译来的，亦有真赝之别，仿制的比原式似更对吾人的胃口。上海一般的大菜中国化了，却以"英法大菜"号召，亦当时崇洋风气。北京西餐馆，散在九城，比较有地道洋味的，多在崇文门路东一带（路西广场，庚子遗迹），地近使馆区。

西餐取材比中菜简单些。以牛肉为主，羊次之，猪为下。"猪肉和豆"是平民的食品。我时常戏说，你如不会吃带血的牛排，那西洋就没有好菜了。话虽稍过，亦近乎实。西餐自有其优点，如"桌仪"、看馔的次序装饰等等，却亦有不大好吃的，自然是个人的口味。如我在国内每喜喝西菜里的汤，但到了英国船上却大失所望。名曰"清汤"，真是"臣心如水的汤"，一点味也没得，倒有些药气味。西洋例不用味精，宜其如此。英国烹调本不大高明，大陆诸国盖皆胜之。由法、意而德、俄，口味渐近东方，我们今日还喜啜俄国红菜汤也。

又北京的烤肉，远承毡幕遗风，直译"貊炙"，最为切合。但我当时想到的却是西餐里的牛排。《红楼梦》中的吃鹿肉，与今日烤肉吃法相同，只用鹿比用牛羊更贵族化耳。

我从前在京喜吃小馆，后来兴致渐差，一九七五年患病后，不能独自出门就更衰了。一九五〇年前《蝶恋花》词有"驼陌尘踪如梦寐"、"麦酒盈尊容易醉"等句，题曰"东华醉归"，指东华门大街的"华宫"，供应俄式西餐、日本式鸡素烧。近在西四新张的西餐厅遇见一服务员,云是华宫旧人,他还认识我,并记得吾父,知其所嗜。其事至今三十余年,若我初来京住东华门时,数将倍焉。韶光水逝,旧侣星稀,于一饮一啄之微,亦多怅触,拉杂书之,辄有经过黄公酒垆之感,又不止"襟上杭州旧酒痕"已也。

1982 年 5 月 1 日北京

北平的零食小贩

◎梁实秋

北平人馋。馋,据字典说是"贪食也",其实不只是贪食,是贪食各种美味之食。美味当前,固然馋涎欲滴,即使闲来无事,馋虫亦在咽喉中抓挠,迫切地需要一点什么以膏馋吻。三餐时固然希望膏粱罗列,任我下箸,三餐以外的时间也一样地想馋嚼,以锻炼其咀嚼筋。看鹭鸶的长颈都有一点羡慕,因为颈长可能享受更多的徐徐下咽之感,此之谓馋,馋字在外国语中无适当的字可以代替,所以讲到馋,真"不足为外人道"。有人说北平人之所以特别馋,是由于当年的八旗子弟游手好闲的太多,闲就要生事,在吃上打主意自然也是可以理解的。所以各式各样的零食小贩便应运而生,自晨至夜逡巡于大街小巷之中。

北平小贩的吆喝声是很特殊的。我不知道这与评剧有无关系,其抑扬顿挫,变化颇多,有的豪放如唱大花脸,有的沉闷如黑头,又有的清脆如生旦,在白昼给浩浩欲沸的市声平添不少情趣,在夜晚又给寂静的夜带来一些凄凉。细听小贩的呼声,则有直譬,有隐喻,有时竟像谜语一般地耐人寻味。而且他们的吆喝声,数十年如一日,不曾有过改变。我如今闭目沉思,北平零食小贩的呼声俨然在耳,一个个的如在目前。现在让我就记忆所及,细细述说。

食

　　首先让我提起"豆汁"。绿豆渣发酵后煮成稀汤,是为豆汁,淡草绿色而又微黄,味酸而又带一点霉味,稠稠的,混混的,热热的。佐以辣咸菜,即棺材板切细丝,加芹菜梗、辣椒丝或末。有时亦备较高级之酱菜如酱萝卜、酱黄瓜之类,但反不如辣咸菜之可口,午后啜三两碗,愈吃愈辣,愈辣愈喝,愈喝愈热,终至大汗淋漓,舌尖麻木而止。北平城里人没有不嗜豆汁者,但一出城则豆渣只有喂猪的份,乡下人没有喝豆汁的。外省人居住北平二三十年往往不能养成喝豆汁的习惯。能喝豆汁的人才算是真正的北平人。

　　其次是"灌肠"。后门桥头那一家的大灌肠,是真的猪肠做的,遐迩驰名,但嫌油腻。小贩的灌肠虽有肠之名实则并非是肠,仅具肠形,一条条的以荞粉为主所做成的橛子,切成不规则形的小片,放在平底大油锅上煎炸,炸得焦焦的,蘸蒜盐汁吃。据说那油不是普通油,是从作坊里从马肉等熬出来的油,所以有这一种怪味。单闻那种油味,能把人恶心死,但炸出来的灌肠,喷香!

　　从下午起有沿街叫卖"面筋哟"者,你喊他时须喊"卖熏鱼儿的",他来到你们门口打开他的背盒由你拣选时却主要是猪头肉。除猪头肉的脸子、只皮、口条之外还有脑子、肝、肠、苦肠、心头、蹄筋等等,外带着别有风味的干硬的火烧。刀口上手艺非凡,从夹板缝里抽出一把飞薄的刀,横着削切,把猪头肉切得出薄如纸,塞在那火烧里食之,熏味扑鼻!这种卤味好像不能登大雅之堂,但是在煨煮熏制中有特殊的风味。离开北平便尝不到。

　　薄暮后有叫卖羊头肉者,这是回教徒的生意,刀板器皿刷洗得一尘不染,切羊脸子是他的拿手,切得真薄,从一只牛角里撒出一些特制的胡盐。北平的羊好,有浓厚的羊味,可又没有浓厚到膻的地步。

也有推着车子卖"烧羊脖子烧羊肉"的。烧羊肉是经过煮和炸两道手续的,除肉之外还有肚子和卤汤。在夏天佐以黄瓜大蒜是最好的下面之物。推车卖的不及街上羊肉铺所发售的,但慰情聊胜于无。

北平的"豆腐脑",异于川湘的豆花,是哆里哆嗦的软嫩豆腐,上面浇一勺卤,再加蒜泥。

"老豆腐"另是一种东西,是把豆腐煮出了蜂窠,加芝麻酱韭菜末辣椒等佐料,热乎乎地连吃带喝亦颇有味。

北平人做"烫面饺"不算一回事,真是举重若轻叱咤立办,你喊三十饺子,不大的工夫就给你端上来了,一个个包得细长齐整又俊又俏。

斜尖的炸豆腐,在花椒盐水里煮得饱饱的,有时再羼进几个粉丝做的炸丸子,放进一点辣椒酱,也算是一味很普通的零食。

馄饨何处无之?北平挑担卖馄饨的却有他的特点,馄饨本身没有什么异样,由筷子头拨一点肉馅往三角皮子上一抹就是一个馄饨,特殊的是那一锅肉骨头熬的汤别有滋味,谁家里也不会把那么多的烂骨头煮那么久。

一清早卖点心的很多,最普通的是烧饼油鬼。北平的烧饼主要的有四种,芝麻酱烧饼、螺丝转、马蹄、驴蹄,各有千秋。芝麻酱烧饼,外省仿造者都不像样,不是太薄就是太厚,不是太大就是太小,总是不够标准。螺丝转儿最好是和"甜浆粥"一起用,要夹小圆圈油鬼。马蹄儿只有薄薄的两层皮,宜加圆饱的甜油鬼。驴蹄儿又小又厚,不要油鬼做伴。北平油鬼,不叫油条,因为根本不作长条状,主要的只有两种,四个圆饱连在一起的是甜油鬼,小圆圈的油鬼是咸的,炸得特焦,夹在烧饼里一按咔嚓一声。离开北平的人没有不想念那种油鬼的。外省的油条,虚泡囊肿,不够味,要求炸焦一点也不行。

"面茶"在别处没见过。真正的一锅糨糊,炒面熬的,盛在碗里之后,在上面用筷子蘸着芝麻酱撒满一层,唯恐撒得太多似的。味道好么?至少是很怪。卖"三角馒头"的永远是山东老乡。打开蒸笼布,热腾腾的各样蒸食,如糖三角、混糖馒头、豆沙包、蒸饼、红枣蒸饼、高庄馒头,听你检选。

"杏仁茶"是北平的好,因为杏仁出在北方,提味的是那少数几颗苦杏仁。

豆类做出的吃食可多了,首先要提"豌豆糕"。小孩子一听打镗锣的声音很少不怦然心动的。卖豌豆糕的人有一把手艺,他会把一块豌豆泥捏成各式各样的东西,他可以听你的吩咐捏一把茶壶,壶盖壶把壶嘴俱全,中间灌上黑糖水,还可以一杯一杯地往外倒。规模大一点的是荷花盆,真有花有叶,盆里灌黑糖水。最简单的是用模型翻制小饼,用芝麻作馅。后来还有"仿膳"的伙计出来做这一行生意,善用豌豆泥制各式各样的点心,大八件、小八件,什么卷酥喇嘛糕枣泥饼花糕,五颜六色,应有尽有,惟妙惟肖。

"豌豆黄"之下街卖者是粗的一种,制时未去皮,加红枣,切成三尖形矗立在案板上。实际上比铺子卖的较细的放在纸盒里的那种要有味得多。

"热芸豆"有红白二种,普通的吃法是用一块布挤成一个豆饼,可甜可咸。

"烂蚕豆"是俟蚕豆发芽后加五香大料煮成的,烂到一挤即出。

"铁蚕豆"是把蚕豆炒熟,其干硬似铁。牙齿不牢者不敢轻易试,但亦有酥皮者,较易嚼。

夏季雨后照例有小孩提着竹篮赤足淌水而高呼"干香豌豆",咸滋滋的也很好吃。

"豆腐丝",粗糙如豆腐渣,但有人拌葱卷饼而食之。

"豆渣糕"是芸豆泥做的,作圆球形,蒸食,售者以竹筷插之,一插即是两颗,加糖及黑糖水食之。

"甑儿糕",是米面填木碗中蒸之,咝咝作响。顷刻而熟。

"江米藕"是老藕孔中填糯米,煮熟切片加糖而食之。挑子周围经常环绕着馋涎欲滴的小孩子。

北平的"酪"是一项特产,用牛奶凝冻而成,夏日用冰镇,凉香可口,讲究一点的酪在酪铺发售,沿街贩卖者亦不恶。

"白薯"(即南人所谓红薯),有三种吃法。初秋街上喊"栗子味儿的"者是干煮白薯,细细小小的一根根的放在车上卖。稍后喊"锅底儿热和"者为带汁的煮白薯,块头较大,亦较甜。此外是烤白薯。

"老玉米"(即玉蜀黍)初上市时也有煮熟了在街上卖的。对于城市中人这也是一种新鲜滋味。

沿街卖的"粽子",包得又小又俏,有加枣的,有不加枣的,摆在盘子里齐整可爱。

北平没有汤圆,只有"元宵",到了元宵季节街上有叫卖煮元宵的。袁世凯称帝时,曾一度禁称元宵,因与"袁消"二字音同,改称汤圆,可嗤也。

糯米团子加豆沙馅,名曰"爱窝"或"爱窝窝"。

黄米面做的"切糕",有加红豆的,有加红枣的,卖时切成斜块,插以竹签。

菱角是小的好,所以北平小贩卖的是小菱角,有生有熟,用剪去刺,当中剪开。很少卖大的红菱者。

"老鸡头"即芡实。生者为刺囊状,内含芡实数十颗,熟者则为圆硬粒,须敲碎食其核仁。

供儿童以糖果的,从前是"打镗锣的",后又有卖"梨糕"的,此外如"吹糖人的",卖"糖杂面的",都经常徘徊于街头巷尾。

"爬糕"、"凉粉"都是夏季平民食物,又酸又辣。

"驴肉",听起来怪骇人的,其实切成大片瘦肉,也很好吃。是否有骆驼肉马肉混在其中,我不敢说。

担着大铜茶壶满街跑的是卖"茶汤"的,用开水一冲,即可调成一碗茶汤,和铺子里的八宝茶汤或牛髓茶固不能比,但亦颇有味。

"油炸花生仁"是用马油炸的,特别酥脆。

北平"酸梅汤"之所以特别好,是因为使用冰糖,并加玫瑰木樨桂花之类,信远斋的最合标准,沿街叫卖的便徒有其名了,而且加上天然冰亦颇有碍卫生。卖酸梅汤的普通兼带"玻璃粉"及小瓶用玻璃球作盖的汽水。"果子干"也是重要的一项副业,用杏干柿饼鲜藕煮成。"玫瑰枣"也很好吃。

冬天卖"糖葫芦",裹麦芽糖或糖稀的不太好,蘸冰糖的才好吃。各种原料皆可制糖葫芦,惟以"山里红"为正宗。其他如海棠、山药、山药豆、杏干、核桃、荸荠、桔子、葡萄、金桔等均佳。

北地苦寒,冬夜特别寂静,令人难忘的是那卖"水萝卜"的声音,"萝卜——赛梨——辣了换!"那红绿萝卜,多汁而甘脆,切得又好,对于北方煨在火炉旁边的人特别有沁人脾胃之效。这等萝卜,别处没有。

有一种内空而瘦小的花生,大概是检选出来的不够标准的花生,炒焦了之后,其味特香,远在白胖的花生之上,名曰"抓空儿",亦冬夜的一种点缀。

夜深时往往听到沉闷而迟缓的"硬面饽饽"声,有光头、凸盖、镯子等,亦可充饥。

水果类则四季不绝地应世,诸如三白的大西瓜、蛤蟆酥、羊角蜜、老头儿乐、鸭儿梨、小白梨、肖梨、糖梨、烂酸梨、沙果、苹果、虎拉车、杏、桃、李、山里红、柿子、黑枣、嘎嘎枣、老虎眼大酸枣、荸荠、海棠、葡萄、莲蓬、藕、樱桃、桑葚、槟子……不可胜举,都在沿门求售。

以上约略举说,只就记忆所及,挂漏必多。而且数十年来,北平也正在变动,有些小贩由式微而没落,也有些新的应运而生,比我长一辈的人所见所闻可能比我要丰富些,比我年轻的人可能遇到一些较新鲜而失去北平特色的事物。总而言之,北平是在向新颖而庸俗方面变,在零食小贩上即可窥见一斑。如今呢,胡尘涨宇,面目全非,这些小贩,还能保存一二与否,恐怕在不可知之数了。但愿我的回忆不是永远地成为回忆!

食

谈吃

◎夏丏尊

衣、食、住、行为生活四要素，人类原不能不吃。但吃字的意义如此复杂，吃的要求如此露骨，吃的方法如此麻烦，吃的范围如此广泛，好像除了吃以外就无别事也者，求之于全世界，这怕只有中国民族如此的了。

说起新年的行事，第一件在我脑中浮起的是吃。回忆幼时一到冬季，就日日盼望过年，等到过年将届就乐不可支。因为过年的时候，有种种乐趣，第一是吃的东西多。

中国人是全世界善吃的民族。普通人家，客人一到，男主人即上街办吃场，女主人即入厨罗酒浆，客人则坐在客堂里口嗑瓜子，耳听碗盏刀俎的声响。等候饭吃完了，大事已毕，客人拔起步来说"叨扰"，主人说"没有什么好待你"，有的还要苦留："吃了点心去"，"吃了夜饭去"。

遇到婚丧，庆吊只是虚文，果腹倒是实在。排场大的大吃七日五日，小的大吃三日一日。早饭、午饭、点心、夜饭、夜点心，吃了一顿又一顿，吃得不亦乐乎，真是酒可为池，肉可成林。

过年了，轮流吃年饭，送食物。新年了，彼此拜来拜去，讲吃局。端午要吃，中秋要吃，生日要吃，朋友相会要吃，相别要吃。只要取得出名词，就非吃不可，而且一吃就了事，此外不必别有什么。

小孩子于三顿饭以外，每日好几次地向母亲讨铜板，买食吃。普通学生最大的消费，不是学费，不是书籍费，乃是吃的用途。成人对于父母的孝敬，重要的就是奉甘旨。中馈自古占着女子教育上的主要部分。"食不厌精，脍不厌细"；"沽酒市脯"、"割不正"，圣人不吃。梨子蒸得味道不好，贤人就可以出妻。家里的老婆如果弄得出好菜，就可以骄人。古来许多名士至于费尽苦心，别出心裁，考案出好几部特别的食谱来。

不但活着要吃，死了仍要吃。他民族的鬼，只要香花就满足了；而中国的鬼，仍依旧非吃不可。死后的饭碗，也和活时的同样重要，或者还更重要。普通人为了死后的所谓"血食"，不辞广蓄姬妾预置良田。道学家为了死后的冷猪肉，不辞假仁假义，拘束一世。朱竹垞宁不吃冷猪肉，不肯从其诗集中删去《风怀二百韵》的艳诗，至今犹传为难得的美谈，足见冷猪肉牺牲不掉的人之多了。

不但人要吃，鬼要吃，神也要吃，甚至连没嘴巴的山川也要吃，天地也要吃。有的但吃猪头，有的要吃全猪，有的是专吃羊的，有的是专吃牛的，各有各的胃口，各有各的嗜好，古典中大都详有规定，一查就可知道。较之于他民族的对神只作礼拜，他民族的神，似是唯心，中国的神似是唯物，似乎都是主张马克思学说的。

梅村的诗道："十家三酒店。"街市里最多的是食物铺。俗语说，"开门七件事"，家庭中最麻烦的不是教育或是什么，乃是料理食物。学校里最难处置的不是程度如何提高，教授如何改进，乃是饭厅风潮。

俗话说得好，只有"两脚的爷娘不吃，四脚的眠床不吃"。中国人吃的范围之广，真可使他国人为之吃惊。中国人于世界普通的食物之外，还吃着他国人所不吃的珍馐：吃西瓜的实，吃鲨鱼的鳍，吃燕子的窠，吃狗，吃乌龟，吃蛇，吃狸猫，吃癞蛤蟆，吃癞头鼋，吃小老鼠。有的或竟至吃到小孩的胞衣以及直接从人身上取得的东西。如果能够，怕连天上的月亮也要挖下来尝尝哩。

至于吃的方法，更是五花八门，有烤，有炖，有蒸，有卤，有炸，有烩，有熏，有醉，有炙，有熘，有炒，有拌，真是一言难尽。古来尽有许多做菜的名厨师，其名字都和名卿相一样赫赫地留在青史上。不，他们之中有的并升到高位，老老实实就是名卿相。如果中国有一件事可以向世界自豪的，那么这并不是历史之久，土地之大，人口之众，军队之多，战争之频繁，乃是善吃的一事。中国的肴菜，已征服了全世界了。有人说中国人有三把刀为世界所不及，第一把就是厨刀。

不见到喜庆人家持着的福禄寿三星图吗？福禄寿是中国民族生活上的理想。画上的排列是禄居中央，右是福，寿居左。禄也者，拆穿了说，就是吃的东西。老子也曾说过，"虚其心实其腹"，"圣人为腹不为目。"吃最要紧，其他可以不问。"嫖赌吃着"之中，普通人皆认吃最实惠。所谓"着威风，吃受用，赌对冲，嫖全空"，什么都假，只有吃在肚里是真的。

吃的重要，更可于国人所用的言语上证之。在中国，吃字的意义特别复杂，什么都会带了"吃"字来说。被人欺负曰"吃亏"，打巴掌曰"吃耳光"，希求非分曰"想吃天鹅肉"，诉讼曰"吃官司"，中枪弹曰"吃卫生丸"，此外还有什么"吃生活"、"吃排头"等等。相见的寒暄，他民族说"早安""午安""晚安"，而中国人则说："吃了早饭没有？""吃了中饭没有？""吃了夜饭没有？"对于职业普通也用吃字来表示，营什么职业就叫做吃什么饭。"吃赌饭"，"吃堂子饭"，"吃洋行饭"，"吃教书饭"，诸如此类，不必说了。甚至对于应以信仰为本的宗教者，应以保卫国家为职志的军士，也都加吃字于上。在中国，教徒不称信者，叫做"吃天主教的"、"吃耶稣教的"，从军的不称军人，叫做"吃粮的"，最近还增加了什么"吃党饭"、"吃三民主义"的许多新名词。

衣、食、住、行为生活四要素，人类原不能不吃。但吃字的意义如此复杂，吃的要求如此露骨，吃的方法如此麻烦，吃的范围如此广泛，好像除了吃以外就无别事也者，求之于全世界，这怕只有中国民族如此的了。

在中国，衣不妨污浊，居室不妨简陋，道路不妨泥泞，而独在吃上，却分毫不能马虎。衣、食、住、行的四事之中，食的程度，远高于其余一切，很不调和。中国民族的文化，可以说是口的文化。

佛家说六道轮回，把众生分为天、人、修罗、畜生、地狱、饿鬼六道。如果我们相信这话，那么中国民族是否都从饿鬼道投胎而来，真是一个疑问。

食

卖白果

◎叶圣陶

总弄里边不知不觉笼上昏黄的暮色，一列电灯亮起来了。三三两两的男子和妇女站在各弄的口头，似乎很正经的样子，不知在谈些什么。几个孩子，穿鞋没拔上跟，他们互相追赶，鞋底擦着水门汀地，作"替替"的音响。

这时候，一个挑担的慢慢地走进弄来，他向左右观看，顿一顿再向前走两三步。他探认主顾的习惯就是如此。主顾确是必须探认的，不然，挑着担子出来难道是闲耍么？走到第四弄的口头，他把担子歇下来了。我们试看看他的担子。后头有一个木桶，盖着盖子，看不见盛的是什么东西。前头却很有趣，装着个小小的炉子，同我们烹茶用的差不多，上面承着一只小镬子；瓣状的火焰从镬子旁边舔出来，烧得不很旺。在这暮色已浓的弄口，便构成个异样的情景。

他开了镬子的盖子，用一爿蚌壳在镬子里拨动，同时不很协调地唱起来了："新鲜热白果，要买就来数。"发音很高，又含有急促的意味。这一唱影响可不小，左弄右弄里的小孩子陆续奔出来了，他们已经神往于镬子里的小颗粒，大人在后面喊着慢点儿跑的声音，对于他们只是微茫的喃喃了。

据平昔的经验，听到叫卖白果的声音时，新凉已经接替了酷暑；扇子虽不至于就此遭到捐弃，总不是十二分时髦的了；

因此，这叫卖声里似乎带着一阵凉意。今年入秋转热，回家来什么也不做，还是气闷，还是出汗。正在默默相对，仿佛要叹息着说莫可奈何之际，忽然送来这么带着凉意的一声两声，引起我片刻的幻想的快感，我真要感谢了。

这声音又使我回想到故乡的卖白果的。做这营生的当然不只是一个，但叫卖的声调却大致相似，悠扬而轻清，恰配作新凉的象征；比较这里上海的卖白果的叫卖声有味得多了。他们的唱句差不多成为儿歌，我小时候曾经受教于大人，也摹仿着他们的声调唱：

> 烫手热白果，
>
> 香又香来糯又糯；
>
> 一个铜钱买三颗，
>
> 三个铜钱买十颗。
>
> 要买就来数，
>
> 不买就挑过。

这真是粗俗的通常话，可是在静寂的夜间的深巷中，这样不徐不疾，不刚劲也不太柔软地唱出来，简直可以使人息心静虑，沉入享受美感的境界。本来，除开文艺，单从声音方面讲，凡是工人所唱的一切的歌，小贩呼唤的一切叫卖声，以及戏台上红面孔白面孔青衫长胡子所唱的戏曲，中间都颇有足以移情的。我们不必辨认他们唱的是些什么话，含着什么意思，单就那调声的抑扬徐疾送渡转折等等去吟味；也不必如考据家内行家那样用心，推究某种俚歌源于什么，某种腔调是从前某老板的新声，特别可贵；只取足以悦我们的耳的，就多听它一会；这样，也就可以获得不少赏美的乐趣。如果歌唱的也就是极好的文艺,那当然更好,原是不待说明的。

这里上海的卖白果的叫卖声所以不及我故乡的,声调不怎么好自然是主因,而里中欠静寂,没有给它衬托,也有关系。弄里的零零碎碎的杂声,弄外马路上的汽车声,工厂里的机器声,搅和在一起,就无所谓静寂了。即使是神妙的音乐家,在这境界中演奏他生平的绝艺,也要打个很大的折扣,何况是不足道的卖白果的叫卖声呢。

但是它能引起我片刻的幻想的快感,总是可以感谢而且值得称道的。

1924 年 8 月 22 日作

吃饭

◎钱钟书

吃饭有时很像结婚，名义上最主要的东西，其实往往是附属品。吃讲究的饭事实上只是吃菜，正如讨阔佬的小姐，宗旨倒并不在女人。这种主权旁移，包含着一个转了弯的、不甚素朴的人生观。辨味而不是充饥，变成了我们吃饭的目的。舌头代替了肠胃，作为最后或最高的裁判。不过，我们仍然把享受掩饰为需要，不说吃菜，只说吃饭，好比我们研究哲学或艺术，总说为了真和美可以利用一样。有用的东西只能给人利用，所以存在；偏是无用的东西会利用人，替它遮盖和辩护，也能免于抛弃。柏拉图在《理想国》里把国家分成三等人，相当于灵魂的三个成分；饥渴吃喝等嗜欲是灵魂里最低贱的成分，等于政治组织里的平民或民众。最巧妙的政治家知道怎样来敷衍民众，把自己的野心装点成民众的意志和福利；请客上馆子去吃菜，还顶着吃饭的名义，这正是舌头对肚子的借口，仿佛说："你别抱怨，这有你的份！你享着名，我替你出力去干，还亏了你什么？"其实呢，天知道——更有饿瘪的肚子知道——若专为充肠填腹起见，树皮草根跟鸡鸭鱼肉差不了多少！真想不到，在区区消化排泄的生理过程里还需要那么多的政治作用。

古罗马诗人波西蔼斯(Persius)曾慨叹说，肚子发展了人的天才，传授人以技术(Magister artisingeni que largitor venter)。这个意思经拉柏莱发挥得淋漓尽致，《巨人世家》卷

食

三有赞美肚子的一章，尊为人类的真主宰、各种学问和职业的创始和提倡者，鸟飞、兽走、鱼游、虫爬，以及一切有生之类的一切活动，也都是为了肠胃。人类所有的创造和活动（包括写文章在内），不仅表示头脑的充实，并且证明肠胃的空虚。饱满的肚子最没用，那时候的头脑，迷迷糊糊，只配做痴梦；咱们有一条不成文的法律——吃了午饭睡中觉，就是有力的证据。我们通常把饥饿看得太低了，只说它产生了乞丐、盗贼、娼妓一类的东西，忘记了它也启发过思想、技巧，还有"有饭大家吃"的政治和经济理论。德国古诗人白洛柯斯（B. H. Brockes）做赞美诗，把上帝比作"一个伟大的厨师父（der gross Speisemeister）"，做饭给全人类吃，还不免带些宗教的稚气。弄饭给我们吃的人，决不是我们真正的主人翁。这样的上帝，不做也罢。只有为他弄了饭来给他吃的人，才支配着我们的行动。譬如一家之主，并不是赚钱养家的父亲，倒是那些乳臭未干、安坐着吃饭的孩子；这一点，当然做孩子时不会悟到，而父亲们也决不甘承认的。拉柏莱的话似乎较有道理。试想，肚子一天到晚要我们把茶饭来向它祭献，它还不是上帝是什么？但是它毕竟是个下流不上台面的东西，一味容纳吸收，不懂得享受和欣赏。人生就因此复杂起来。一方面是有了肠胃而要饭去充实的人，另一方面是有饭而要胃口来吃的人。第一种人生观可以说是吃饭的；第二种不妨唤作吃菜的。第一种人工作、生产、创造，来换饭吃。第二种人利用第一种人活动的结果，来健脾开胃，帮助吃饭而增进食量。所以吃饭时要有音乐，还不够，就有"佳人"、"丽人"之类来劝酒；文雅点就开什么消寒会、消夏会，在席上传观法书名画；甚至赏花游山，把自然名胜来下饭。吃的菜不用说尽量讲究。有这样优裕的物质环境，舌头像身体一般，本来是极随便的，此时也会

28

有贞操和气节了;许多从前惯吃的东西,现在吃了仿佛玷污清白,决不肯再进口。精细到这种田地,似乎应当少吃,实则反而多吃。假使让肚子做主,吃饱就完事,还不失分寸。舌头拣精拣肥,贪嘴不顾性命,结果是肚子倒霉受累,只好忌嘴,舌头也只能像李逵所说"淡出鸟来"。这诚然是它馋得忘了本的报应!如此看来,吃菜的人生观似乎欠妥。

　　不过,可口好吃的菜还是值得赞美的。这个世界给人弄得混乱颠倒,到处是摩擦冲突,只有两件最和谐的事物总算是人造的:音乐和烹调。一碗好菜仿佛一支乐曲,也是一种一贯的多元,调和滋味,使相反的分子相成相济,变作可分而不可离的综合。最粗浅的例像白煮蟹和醋,烤鸭和甜酱,或如西菜里烤猪肉(Roast pork)和苹果泥(Apple sauce)、渗鳖鱼和柠檬片,原来是天涯海角、全不相干的东西,而偏偏有注定的缘分,像佳人和才子,母猪和癞象,结成了天造地设的配偶、相得益彰的眷属。到现在,他们亲热得拆也拆不开。在调味里,也有来伯尼支(Leibniz)的哲学所谓"前定的调和"(Harmoniaprae-stabilita),同时也有前定的不可妥协,譬如胡椒和煮虾蟹、糖醋和炒牛羊肉,正如古音乐里,商角不相协,徵羽不相配。音乐的道理可通于烹饪,孔子早已明白,所以《论语》上记他在齐闻《韶》,"三月不知肉味"。可惜他老先生虽然在《乡党》一章里颇讲究烧菜,还未得吃道三味,在两种和谐里,偏向音乐。譬如《中庸》讲身心修养,只说"发而中节谓之和",养成音乐化的人格,真是听乐而不知肉味人的话。照我们的意见,完美的人格,"一以贯之"的"吾道",统治尽善的国家,不仅要和谐得像音乐,也该把烹饪的调和悬为理想。在这一点上,我们不追随孔子,而愿意推崇被人忘掉的伊尹。伊尹是中国第一个哲学家厨师,在他眼里,整个人世间好比是做菜的厨房。《吕氏春秋·本味篇》记伊尹以至味说汤那一大段,把最伟大的统治哲学讲成惹人垂涎的食谱。这个观念渗透了中国古代的政治意识,所以自从《尚书·顾命》起,做宰相总比为"和羹调鼎",老子也说"治国如烹小鲜"。孟子曾赞伊尹为"圣之任者",柳下惠为"圣之和者",这里的文字也许有些错误。其实呢,允许人赤条条相对的柳下惠,该算是个放"任"主义者。而伊尹倒当得起"和"字——这个"和"字,当然还带些下厨上灶、调和五味的涵义。

吃饭还有许多社交的功用,譬如联络感情、谈生意经等等,那就是"请吃饭"了。社交的吃饭种类虽然复杂,性质极为简单。把饭给自己有饭吃的人吃,那是请饭;自己有饭可吃而去吃人家的饭,那是赏面子。交际的微妙不外乎于此。反过来说,把饭给予没饭吃的人吃,那是施食;自己无饭可吃而去吃人家的饭,赏面子就一变而为丢脸。这便是慈善救济,算不上交际了。至于请饭时客人数目的多少,男女性别的配比,我们改天再谈。但是趣味洋溢的《老饕年鉴》(Almanachdes Gourmands)里有一节妙文,不可不在此处一提。这八小本名贵稀罕的奇书,在研究吃饭之外,也曾讨论到请饭的问题。大意说:我们吃了人家的饭该有多少天不在背后说主人的坏话,时间的长短按照饭菜的质量而定;所以做人应当多多请客吃饭,并且吃好饭,以增进朋友的感情,减少仇敌的毁谤。这一番议论,我诚恳地介绍给一切不愿彼此成为冤家的朋友,以及愿意彼此变为朋友的冤家。至于我本人呢,恭候诸君的邀请,努力奉行猪八戒对南山大王手下小妖说的话:"不要拉扯,待我一家家吃将来。"

饮食男女在福州

◎郁达夫

福州的食品，向来就很为外省人所赏识；前十余年在北平，说起私家的厨子，我们总同声一致地赞成刘崧生先生和林宗孟先生家里的蔬菜可口。当时宣武门外的忠信堂正在流行，而这忠信堂的主人，就系旧日刘家的厨子，曾经做过清室的御厨房。上海的小有天以及现在早已歇业了的消闲别墅，在粤菜还没有征服上海之先，也曾盛行过一时。面食里的伊府面，听说还是汀州伊墨聊太守的创作；太守住扬州日久，与袁子才也时相往来，可惜他没有像随园老人那么地好事，留下一本食谱来，教给我们烹调之法；否则，这一个福建萨伐郎(Savarin)的荣誉，也早就可以驰名海外了。

福建菜的所以会这样著名，而实际上却也实在是丰盛不过的原因，第一，当然是由于天然物产的富足。福建全省，东南并海，西北多山，所以山珍海味，一例地都贱如泥沙。听说沿海的居民，不必忧虑饥饿，大海潮回，只消上海滨去走走，就可以拾一篮海货来充作食品。又加以地气温暖，土质腴厚，森林蔬菜，随处都可以培植，随时都可以采撷。一年四季，笋类菜类，常是不断；野菜的味道，吃起来又比别处的来得鲜甜。福建既有了这样丰富的天产，再加上以在外省各地游宦营商者的数目的众多，作料采从本地，烹制学自外方，五味调和，百珍并列,于是乎闽菜之名,就宣传在饕餮家的口上了。清初周亮工著的《闽小纪》两卷,记述食品处独多,按理原也是应该的。

福州海味,在春三二月间,最流行而最肥美的,要算来自长乐的蚌肉,与海滨一带多有的蛎房。《闽小纪》里所说的西施舌,不知是否指蚌肉而言;色白而腴,味脆且鲜,以鸡汤煮得适宜,长圆的蚌肉,实在是色香味俱佳的神品。听说从前有一位海军当局者,老母病剧,颇思乡味;远在千里外,欲得一蚌肉,以解死前一刻的渴慕,部长纯孝,就以飞机运蚌肉至都。从这一件轶事看来,也可想见这蚌肉的风味了;我这一回赶上福州,正及蚌肉上市的时候,所以红烧白煮,吃尽了几百个蚌,总算也是此生的豪举,特笔记此,聊志口福。

蛎房并不是福州独有的特产,但福建的蛎房,却比江浙沿海一带所产的,特别地肥嫩清洁。正二三月间,沿路的摊头店里,到处都堆满着这淡蓝色的水包肉;价钱的廉,味道的鲜,比到东坡在岭南所贪食的蚝,当然只会得超过。可惜苏公不曾到闽海去谪居,否则,阳羡之田,可以不买,苏氏子孙,或将永寓在三山二塔之下,也说不定。福州人叫蛎房作"地衣",略带"挨"字的尾声,写起字来,我想只有"蚝"字,可以当得。

在清初的时候,江瑶柱似乎还没有现在那么地通行,所以周亮工再三地称道,誉为逸品。在目下的福州,江瑶柱却并没有人提起了,鱼翅席上,缺少不得的,倒是一种类似宁波横脚蟹的蟳蟹,福州人叫作"新恩",《闽小纪》里所说的虎蟳,大约就是此物。据福州人说,蟳肉最滋补,也最容易消化,所以产妇病人以及体弱的人,往往爱吃。但由对蟹类素无好感的我看来,却仍赞成周亮工之言,终觉得质粗味劣,远不及蚌与蛎房或香螺来得干脆。

福州海味的种类，除上述的三种以外，原也很多很多；但是别地方也有，我们平常在上海也常常吃得到的东西，记下来也没有什么价值，所以不说。至于与海错相对的山珍哩，却更是可以干制、可以输出的东西，益发地没有记述的必要了，所以在这里只想说一说叫作肉燕的那一种奇异的包皮。

初到福州，打从大街小巷里走过，看见好些店家，都有一个大砧头摆在店中；一两位壮强的男子，拿了木锤，只在对着砧上的一大块猪肉，一下一下地死劲地敲。把猪肉这样地乱敲乱打，究竟算什么回事？我每次看见，总觉得奇怪；后来向福州的朋友一打听，才知道这就是制肉燕的原料了。所谓肉燕者，就是将猪肉打得粉烂，和入面粉，然后再制成皮子，如包馄饨的外皮一样，用以来包制菜蔬的东西。听说这物事在福建，也只是福州独有的特产。

福州食品的味道，大抵重糖；有几家真正福州馆子里烧出来的鸡鸭四件，简直是同蜜饯的罐头一样，不杂入一粒盐花。因此福州人的牙齿，十人九坏。有一次去看三赛乐的闽剧，看见台上演戏的人，个个都是满口金黄；回头更向左右的观众一看，妇女子的嘴里也大半镶着全副的金色牙齿。丁是天黄黄，地黄黄，弄得我这一向就痛恨金牙齿的偏执狂者，几乎想放声大哭，以为福州人故意在和我捣乱。

将这些脱嫌糖重的食味除起，若论到酒，则福州的那一种土黄酒，也还勉强可以喝得。周亮工所记的玉带春、梨花白、蓝家酒、碧霞酒、莲须白、河清、双夹、西施红、状元红等，我都不曾喝过，所以不敢品评。只有会城各处在卖的鸡老(酪)酒，颜色却和绍酒一样地红似琥珀，味道略苦，喝多了觉得头痛。

听说这是以一生鸡,悬之酒中,等鸡肉鸡骨都化了,然后开坛饮用的酒,自然也是越陈越好。福州酒店外面,都写酒库两字,发卖叫发扛,也是新奇得很的名称。以红糟酿的甜酒,味道有点像上海的甜白酒,不过颜色桃红,当是西施红等名目出处的由来。莆田的荔枝酒,颜色深红带黑,味甘甜如西班牙的宝德红葡萄,虽则名贵,但我却终不喜欢。福州一般宴客,喝的总还是绍兴花雕,价钱极贵,斤量又不足,而酒味也淡似沪杭各地,我觉得建庄终究不及京庄。

福州的水果花木,终年不断;橙柑、福橘、佛手、荔枝、龙眼、甘蔗、香蕉,以及茉莉、兰花、橄榄等等,都是全国闻名的品物;好事者且各有谱牒之著,我在这里,自然可以不说。

闽茶半出武夷,就是不是武夷之产,也往往借这名山为号召。铁罗汉、铁观音的两种,为茶中柳下惠,非红非绿,略带赭色;酒醉之后,喝他三杯两盏,头脑倒真能清醒一下。其他若龙团玉乳,大约名目总也不少,我不恋茶娇,终是俗客,深恐品评失当,贻笑大方,在这里只好轻轻放过。

从《闽小纪》中的记载看来,番薯似乎还是福建人开始从南洋运来的代食品;其后因种植的便利、食味的甘美,就流传到内地去了;这植物传播到中国来的时代,只在三百年前,是明末清初的时候,因亮工所记如此,不晓得究竟是否确实。不过福建的米麦,向来就说不足,现在也须仰给于外省或台湾,但田稻倒又可以一年两植。而福州正式的酒席,大抵总不吃饭散场,因为菜太丰盛了,吃到后来,总已个个饱满,用不着再以饭颗来充腹之故。

饮食处的有名处所,城内为树春园、南轩、河上酒家、司然亭等。味和小吃,亦佳且廉;仓前的鸭面,南门兜的素菜与牛肉馆,鼓楼西的水饺子铺,都是各有长处的小吃处;久吃了自然不对,偶尔去一试,倒也别有风味。城外在南台的西菜馆,有嘉宾、西宴台、法大、西来,以及前临闽江,内设戏台的广聚楼等。洪山桥畔的义心楼,以吃形同比目鱼的贴沙鱼著名;仓前山的快乐林,以吃小盘西洋菜见称,这些当然又是菜馆中的别调。至如我所寄寓的青年会食堂,地方精洁宽广,中西菜也可以吃吃,只是不同耶稣的飨宴十二门徒一样,不许顾客醉饮葡萄酒浆,所以正式请客,大感不便。

此外则福建特有的温泉浴场,如汤门外的百合、福龙泉,飞机场的乐天泉等,也备有饮馔供客;浴客往往在这些浴场里可以鬼混一天,不必出外去买酒买食,却也便利。从前听说更可以在个人池内男女同浴,则饮食男女,就不必分求,一举竟可以两得了。

要说福州的女子,先得说一说福建的人种。大约福建土著的最初老百姓,为南洋近边的海岛人种;所以面貌习俗,与日本的九州一带,有点相像。其后汉族南下,与这些土人杂婚,就成了无诸种族,系在春秋战国,吴越争霸之后。到得唐朝,大兵入境;相传当时曾杀尽了福建的男子,只留下女人,以配光身的兵士;故而直至现在,福州人还呼丈夫为"唐晡人",晡者系日暮袭来的意思,同时女人的"诸娘仔"之名,也出来了。还有现在东门外北门外的许多工女农妇,头上仍戴着三把银刀似的簪为发饰,俗称她们作三把刀,据说犹是当时的遗制。因为她们的父亲丈夫儿子,都被外来的征服者杀了,她们誓死不肯从敌,故而时时带着三把刀在身边,预备复仇。只今台湾的福建籍妓女,听说也是一样;亡国到了现在,也已经有好多年了,而她们却仍不肯与日本的嫖客同宿。若有人破此旧习,而与日本嫖客同宿一宵者,同人中就视作禽兽,耻不与伍,这又是多么悲壮的一幕惨剧!谁说犹唱后庭花处,商女都不知家国的兴亡哩!试看汉奸到处卖国,而妓女乃不肯辱身,其间相去,又岂止泾渭的不同?这一种古代的人种,与唐人杂婚之后,一部分不完全唐化,仍保留着他们固有的生活习惯,宗教仪式的,就是现在仍旧退居在北门外万山深处的畬民。此外的一族,以水上为家,明清以后,一向被视为贱民,不时受汉人的蹂躏的,相传其祖先系蒙古人。自元亡后,遂贬为蛋户,俗呼科蹄。科蹄实为曲蹄之别音,因他们常常屈膝盘坐在船舱之内,两脚弯曲,故有此称。串通倭寇、骚扰沿海一带的居民,古时在泉州叫作泉郎的,就是这一种人种的旁支。

因为福州人种的血统,有这种种的沿革,所以福建人的面貌,和一般中原的汉族,有点两样。大致广颡深眼,鼻子与颧骨高突,两颊深陷成窝,下额部也稍稍尖凸向前。这一种面相,生在男人的身上,倒也并不觉得特别;但一生在女人的身上,高突部为嫩白的皮肉所调和,看起来却个个都是线条刻画分明,像是希腊古代的雕塑人形了。福州女子的另一特点,是在她们的皮色的细白。生长在深闺中的宦家小姐,不见天日,白腻原也应该;最奇怪的,却是那些住在城外的工农佣妇,也一例地有着那种嫩白微红,像刚施过脂粉似的皮肤。大约日夕灌溉的温泉浴是一种关系,吃的闽江江水,总也是一种关系。

我们从前没有居住过福建,心目中总只以为福建人种,是一种蛮族。后来到了那里,和他们的文化一接触,才晓得他们虽则开化得较迟,但进步得却很快;又因为东南是海港的关系,中西文化的交流,也比中原僻地频繁,所以闽南的有些都市,简直繁华摩登得可以同上海来争甲乙。及至观察稍深,一移目到了福州的女性,更觉得她们的美的水准,比苏杭的女子要高好几倍;而装饰的入时,身体的康健,比到苏州的小型女子,又得高强数倍都不止。

"天生丽质难自弃",表露欲,装饰欲,原是女性的特嗜;而福州女子所有的这一种显示本能,似乎比什么地方的人还要强一点。因而天晴气爽,或岁时伏腊,有迎神赛会的关头,南大街、仓前山一带,完全是美妇人披露的画廊。眼睛个个是灵敏深黑的,鼻梁个个是细长高突的,皮肤个个是柔嫩雪白的;此外还要加上以最摩登的衣饰,与来自巴黎纽约的化妆品的香雾与红霞,你说这幅福州晴天午后的全景,美丽不美丽,迷人不迷人?

亦唯因此之故,所以也影响到了社会,影响到了风俗。国民经济破产,是全国到处都一样的事实;而这些妇女子们,又大半是不生产的中流以下的阶级。衣食不足,礼义廉耻之凋伤,原是自然的结果,故而在福州住不上几月,就时时有暗娼流行的风说,传到耳边上来。都市集中人口以后,这实在也是一种不可避免而急待解决的社会大问题。

说及了娼妓,自然不得不说一说福州的官娼。从前邵武诗人张亨甫,曾著过一部《南浦秋波录》,是专记南台一带的烟花韵事的;现在世业凋零,景气全落,这些乐户人家,完全没有旧日的豪奢影子了。福州最上流的官娼,叫作白面处,是同上海的长三一样的款式。听几位久住福州的朋友说,白面处近来门可罗雀,早已掉在没落的深渊里了;其次还勉强在维持市面的,是以卖嘴不卖身为标榜的清唱堂,无论何人,只需花三元法币,就能进去听三出戏。就是这一时号称极盛的清唱堂,现在也一家一家地废了业，只剩了田墩的三五家人家。自此以下，则完全是惨无人道的下等娼妓，与野鸡款式的无名密贩了，数目之多，求售之切，到了骇人听闻的地步。至于城内的暗娼、包月妇、零售处之类，只听见公安维持者等谈起过几次，报纸上见到过许多回，内容虽则无从调查，但演绎起来，旁证以社会的萧条，产业的不振，国步的艰难，与夫人口的过剩，总也不难举一反三，晓得她们的大概。

总之，福州的饮食男女，虽比别处稍觉得奢侈，而福州的社会状态，比别处也并不见得十分地堕落。说到两性的纵弛，人欲的横流，则与风土气候有关，次热带的境内，自然要比温带寒带为剧烈。而食品的丰富，女子一般姣美与健康，却是我们不曾到过福建的人所意想不到的发现。

1936 年 6 月 2 日

春天的菜

◎顾随

　　我在这里所要说的春天的菜,是柳花菜。

　　不尝柳花菜者,已廿馀年。每到初春,望见柳树嫩绿的枝叶,舌端便朦胧地泛起苦味的芳鲜。在一本书上,见到这样意思的几句话:欣赏鱼跃是诗;倘以为那鱼颇肥,想着捉来吃,便不是诗了。诗词中歌咏新柳的篇什,不知有多少,便是严肃的诗人杜少陵也会写出“泄漏春光有柳条”的漂亮的句子。我则只觉得好吃而已。此外别的念头也许还有,但总敌不过“好吃”。

　　曾经询问过各地的友人,都说没有吃过柳花菜。想来也许只有地瘠人贫的故乡才吃这种东西。在初春,新柳的叶与花都长到二三分长,摘来用开水“汤”过,拌了麻油和醋,吃时,苦味中又夹杂着芳香与新鲜。那感觉大似晴暖的春天,着起袷衫,走在和煦的春风里,深深地体会到春的降临。虽然已经是廿多年没有吃了,回忆起来,还是透鲜。而且一到春天,看见柳树便发馋。

　　不必去查书,只把自家所记忆的诗句子统计一下,便知道吃与味觉在韵文中占了怎样不重要的位置。视,听,嗅,三者之中,视觉最易写,也最多,虽然赶不上听觉嗅觉的深玄。我们再把白乐天写的音乐的诗,老杜的“心清闻妙香”的句子一咀嚼，则听与嗅之境界，便清楚地高出乎视觉之上了。然而我们的诗人，总不大肯写吃。吃酒是例外。我于吃酒亦是门外汉，但总以为酒之味，似乎不在舌，而在喉，下喉之后，意味更深，因为是全身的感觉了。

以《香奁集》出名的诗人韩偓有两句诗："手香江橘嫩，齿软越梅酸。"似乎在写吃了。但还不是。因为其意不在吃。倒是宋玉在他的《招魂》中，老老实实地写了一句"厉而不爽些"，是从正面在写吃了。然而他那里调和五味，穷奢极欲，又非吾辈所能领略，宋玉虽然写得好，我们读了亦只是过屠门而大嚼而已。

古人之诗不大写吃，是有原故的。

吃是不雅观的一件事。记得在天津时，有一次走进了市场，看见许多商人在他们的摊子旁边进晚餐。灯光之下，一张一合的嘴，与明晃晃的额上的汗，加之腮的鼓动，唇的响声，令我想到猛兽的扑食。"便是号称士君子者流的筵会上，不也是这样吗？"我又忽然这样想了。大约我那时是刚吃饱了，否则也不会有这种念头的。友人武林生君曾说："倘不是非吃不可，我真不想吃。老是下巴骨一抖一抖的，有多单调。"岂止单调而已么？我以为还有点儿蠢哩。

不是凡有生之伦(living being)都知道摄取食物的吗？吃之不足贵，而不为诗人所写，未必不以是故；虽然是一件要紧的事。

前些日子剜荠菜吃。妻说："何不剜些蕨（曲?）芽来吃呢？"今日下午颇清闲，带了小女儿出去散步，顺便想剜些蕨芽。一出门，望见毵毵的柳条，又想起柳花菜来。

几时采一点来尝一尝那芳鲜的苦味，同时并咀嚼一下我的童年。

这篇文章才写完,妻算完了日用账,走到我书斋来,说:"柳花菜并不要柳花的。并且调治的时候,还不许用刀。"现在附录于此,做这篇的一个小尾巴。

1934 年 4 月 15 日夜写完并记

食

剜荠菜

◎顾随

　　昨夜做了不少的梦。早晨起来,头目也不大清楚,知道又该疏散疏散了。今春还不曾吃荠菜,到太庙去剜荠菜去。坐电车到天安门下来,走进太庙,想是太早了吧,人很少。有一位在太庙门外空场上练习太极拳,两位坐在旁边看,不知是在欣赏,在观摩,在指导。有一位大学生模样的青年夹了厚厚的一本书匆匆地在面前走过去。我也忙忙地跑到后河沿。这里人更少,茶桌子都空着,连"看坐的"的影儿也看不见。路旁不少野生的荠菜,于是便用自带的小刀开始剜。清明已过了十天,有的荠菜竟开着小小的花,颜色是紫的。这个以先我不知道。

　　边走边剜,不觉已是一大包。蹲在地下仍旧剜。风吹着,太阳晒着,很舒服。"喝茶么?"茶役出现了。说是喝,就见他跑回老远的一间小屋里泡了一壶来。出来时忘记吃点心,喝了两杯茶,饿了。问茶役要吃的,回答:"没有。明天才有呢!""为什么?""明天黄奖在这里开彩,您来吧?"我的肚子里直响,假设明天得奖,此刻也受不了,而且我并不曾买奖券。终于托茶役到庙外买了两套烧饼麻花来吃了,肚子里才得太平。看了看剜来的菜已经不少,开了茶钱,便出来了。天已快正午了。午饭之后,照例睡一小时。醒来还是不高兴工作;不是春假吗,玩玩吧。

晚饭吃的荠菜馅水饺子,很香,不由得吃多了。今晚怕又睡不好,而且还得做梦。

二十六年四月十四日星期三日记

食

爆炒米花

◎丰子恺

楼窗外面"砰"的一响,好像放炮,又好像轮胎爆裂。推窗一望,原来是"爆炒米花"。

这东西我小时候似乎不曾见过,不知是什么时候开始有的。这个名称我也不敢确定,因为那人的叫声中音乐的成分太多,字眼听不清楚。问问别人,都说"爆炒米花吧"。然而爆而又炒,语法欠佳,恐非正确。但这姑且不论,总之,这是用高热度把米粒放大的一种工作。这工作的工具是一个有柄的铁球,一只炭炉,一只风箱,一只麻袋和一张小凳。爆炒米花者把人家托他爆的米放进铁球里,密封起来,把铁球架在炭炉上;然后坐在小凳上了,右手扯风箱,左手握住铁球的柄,把它摇动,使铁球在炭炉上不绝地旋转,旋到相当的时候,他把铁球从炭炉上卸下,放进麻袋里,然后启封——这时候发出"砰"的一响,同时米粒从铁球中迸出,落在麻袋里,颗颗同黄豆一般大了!爆炒米花者就拿起麻袋来,把这些米花倒在请托者拿来的篮子里,然后向他收取若干报酬。请托者大都笑嘻嘻地看看篮子里黄豆一般大的米花,带着孩子,拿着篮子回去了。这原是孩子们的闲食,是一种又滋养、又卫生、又经济的闲食。

我家的劳动大姐主张不用米粒,而用年糕来托他爆。把水磨年糕切成小拇指大的片子放在太阳里晒干,然后拿去托他爆。爆出来的真好看:小拇指大的年糕片,都变得同十支香烟篓子一般大了!爆的时候加入些糖,吃起来略带甜味,不但孩子们爱吃,大人们也都喜欢,因为它质地很松,容易消化,多吃些也不会伤胃。"空隆空隆"地嚼了好久,而实际上吃下去的不过小拇指大的一片年糕。

我吃的时候曾经作如是想:倘使不爆,要人吃小拇指大的几片硬年糕,恐怕不见得大家都要吃。因为硬年糕虽然营养丰富,但是质地太致密,不容易嚼碎,不容易消化。只有胃健的人,消化力强大的人,例如每餐"斗米十肉"的古代人,才能吃硬年糕;普通人大都是没有这胃口的吧。而同是这硬年糕,一经爆过,一经放松,普通人就也能吃,并且爱吃,即使是胃弱的人也消化得了。这一爆的作用就在于此。

想到这里,恍然若有所感。似乎觉得这东西象征着另一种东西。我回想起了三十年前,我初作《缘缘堂随笔》时的一件事。

《缘缘堂随笔》结集成册,在开明书店出版了。那时候我已经辞去教师和编辑之职,从上海迁回故乡石门湾,住在老屋后面的半屋里。我故乡有一位前辈先生,姓杨名梦江,是我父亲的好友,我两三岁的时候,父亲教我认他为义父,我们就变成了亲戚。我迁回故乡的时候,我父亲早已故世,但我常常同这位义父往来。他是前清秀才,诗书满腹。有一次,我把新出版的《缘缘堂随笔》送他一册,请他指教。过了几天他来看我,谈到了这册随笔,我敬求批评。他对那时正在提倡的白话文向来抱反对态度,我料他的批评一定是否定的。果然,他起初就局部略微称赞几句,后来的结论说:"不过,这种文章,教我们做起来，每篇只要二十八个字——一首七绝；或者二十个字——一首五绝。"

我初听到这话，未能信受。继而一想，觉得大有道理！古人作文，的确言简意繁，辞约义丰，不像我们的白话文那么啰里啰嗦。回想古人的七绝和五绝，的确每首都可以作为一篇随笔的题材。例如最周知的唐诗："去年今日此门中，人面桃花相映红。人面不知何处去，桃花依旧笑春风。""少小离家老大回，乡音无改鬓毛衰。儿童相见不相识，笑问客从何处来？"这两个题材，倘使教我来表达，我得写每篇两三千字的两篇抒情随笔。"昨日入城市，归来泪满巾；遍身罗绮者，不是养蚕人。""长安买花者，一枝值万钱；道旁有饥人，一钱不肯捐。"这两个题材，倘教我来表达，我也许要写成——倘使我会写的话——两篇讽喻短篇小说呢！于是我佩服这位老前辈的话，表示衷心地接受批评。

三十年前这位老前辈对我说的话，我一直保存在心中，不料今天同窗外的"爆炒米花"相结合了，我想：原来我的随笔都好比是爆过、放松过的年糕！

1957年1月20日作于上海

吃与睡

◎苏青

我爱吃，也爱睡，吃与睡便是我的日常生活的享受。

说到吃，当然太贵的东西我吃不定，过于不清洁的东西我又不肯吃，所吃者无非在简单物事中略加讲究而已。早晨起来，我只吃一碗薄粥。粥用大米煮，洋籼之类便没有黏性。煮粥的时候，第一米要淘得干净，第二锅子也要洗净，不可有冷饭粢粑之类附着。宁波有一种细篾淘箩，用以盛米，在满贮清水之大白磁桶中淘洗数次，一边淘一边换水，约三次，米即粒粒洁白。以之入清水锅中，水不变色。于是用文火缓熬之，至看不清米粒为度。粥成，乘热而啜，略加淡竹盐少许，不食他菜。淡竹盐亦故乡带来，制法以食盐满塞淡竹中，埋入烧红灰堆里煨烘良久，迨竹烧焦后取出食盐，盐即坚硬呈棍状，略带灰黑色。食时以小洋刀刮之，盐粉散在粥面上，清香而有鲜味。据说其功能化痰，但不可使之潮湿耳。此项淡竹盐，上海虽也有买，但其色全白，粉状用瓶装，与纸包精盐一模一样，因此我是不大相信的。

中饭只有一菜一汤；没有菜，蛋炒饭也行。不过饭要烧得好些，松而软，回味起来有些带甜。有时候，在朋友家里吃饭，见他们菜虽多而饭不佳，则吃了之后常觉不大落位，非自到家中调些红枣百果羹之类吃吃不可。

我有一个秘诀，便是饭菜吃得不落位时，可以再吃些甜点心类以资补救。所谓点心，其第一要件当然是清松稀薄，美于口而无不利于腹，换句话说便是质宜精而量宜少，在饥时食之可以疗饥，而饱时食之却不至过饱，对于这点，我是非常同情于广东点心的，尤其在茶室里那种吃法，一碟一眼眼，吃上十碟也不打紧。若是宁波人家，客人来了不是炒年糕一大盆，便是大肉馄饨糊面，叫你吃不到半碗便觉油腻难受，却又不好意思不硬吃下去。这种厚味大量的点心其实应该称为"代饭"，吃它之后便可以不必另外再吃饭了。

　　我不爱做菜，却欢喜自己动手弄些点心。有时候客人来了，人数不多只两三个，大家谈了一会，谈得有兴时，我便问："弄些什么点心吃吃吧！"假如她们同我客气，说是不吃，就要回去了，我便老大不开心，再不勉强挽留。但若是我的老朋友一定晓得我这脾气，她们会问我："那么吃些什么呢？"于是我手舞足蹈，把家中所有的东西一一都讲出来请她们决定，大家想想究竟做哪样点心来得好。往常我在家里总是放着不少的点心佐料、桂圆、莲子、红枣、白果、牛奶、鸡蛋、可可、杏仁粉、圆子粉、西谷米等等都有，糯米麦粉以及面类则更不成问题了，要做什么点心便可以做什么的。至于用具，我也是中西各种都有，锅啦、勺啦、刀啦、叉啦、杯啦、盆啦、大小匙啦……一时也说不尽。而且我把做点心盛点心的锅碗，决不肯同烧菜盛羹的混用，免得有油腻荤腥等气味存留着。我爱用各式各样的较精致的碗碟来摆点心，这样在吃起来时似乎更加会因好看而觉得美味了。不过此类碗碟以及其他用具等我也不是从店里拣新的全套地购来，乃是平日走过旧货公司或拍卖行时，偶然在橱窗里瞧见一两件合适的，便去买了来，洗涤清洁以后,再加煮沸,便可应用。这样积少成多,数年来也聚得不少了,五光十色,煞是美丽。又因其大小、式样、花纹、颜色而定该摆什么东西,有时候宾主之间意见不同,便把一样点心分装两盆,大家再行仔细观看比较,以判定谁的眼光近乎艺术。这类盆碗大抵质料很好,花纹也细致,虽不成套,正因其惟一而弥觉可贵。吃时我往往先自拣定一碗或一盆,然后客人各自拣定。以后次数多了,何人用何碗或何盆都有定规,不必主人分派或客人间互相推让客气了。

其实午后到我家来谈天的老朋友,往往来时先有吃点心的计划。她们预先估定我家恐怕缺乏某种佐料,便在路上替我买了带来。于是一到之后,大家还不及三言两语便动手做起点心来。我们做麦粉点心不但注意吃时滋味,还要讲究它的式样。有时候做得太好了,舍不得吃,便放在桌上瞧瞧,直至它发酸带霉了非丢掉不可为止。

除了点心之外,我还爱吃零食。吃零食顶要紧的是细嚼缓咽,时拈时啜,否则宛如猪八戒吞人参果般,有何滋味?我是道地的乡下佬出身,对于沙利文糖果无多大爱恋,所喜者还在于采芝斋盐水胡桃之类。我一面啖零食,一面听朋友谈天,觉得其乐陶陶;否则便是边吃边写文章,也可以增精神而助文思。

晚饭时小菜,我是希望吃得好一些的。一天的奔波,夜里还得绞脑汁写东西,此餐非比别的,乃是慰劳再加鼓励。谚云:吃在广州。不过据我看来,广东小菜只好下酒,不能下饭。而且它的煮法,往往使食物失其本性滋味。牛肉片用菱粉拌过,再加酒渍,炒起来嫩滑是嫩滑的,就是很少牛肉味,吃起来与肉片鸡片田鸡片之类都差不多。我平日吃小菜,欢喜清炖或简单的炒烧，十景氏东西是不赞成的。其实做小菜也便当得很，第一东西要新鲜，与其买死鱼不如买新鲜青菜为佳。第二料理要好，拿瓶到糟坊里去买一元钱酱油常带苦味，我爱用舟山洛泗油，因为它的颜色淡而豆酱气味带得少。至于料酒，我是毫不吝惜地请头号花雕来屈就的。炉子里火光熊熊，锅里的油正沸着，于是把切得细细的肉丝倒下去炒几炒，然后筛酒一匜，则肉味松脆，其香无比，若是用二毛钱一杯的现成料酒，则是水分居多，倒入锅里好比加汤，加的意义便失掉了。还有一点须注意的，便是炒菜烧鱼必须火旺，煮汤烤肉则非文火不可。至于烧成以后的小菜颜色，也是很要紧的。

　　一个人的生活目的在于享受，我在没钱的时候，也能咬大饼充饥，一旦有了钱，便大半花到吃食上去了。我喜欢吃新奇的东西，常常自己发明尝试，做得好固然有趣，不好也能强咽下去。有时候自己想不出，便去打听人家，认为不错，回来便仿着烧煮，必要时且加改良。粤菜、闽菜、蜀菜我都会吃，便是一到生病的时候，我便想吃本乡菜了，尤其是乡下土产，儿时吃惯，想起来别有滋味。只有一件我愿意自居化外，就是宁波人在甜酸苦辣咸五味之中不能吃辣而易之以"臭"，臭乳腐臭盐冬瓜之类，嗅之令人作呕，这个鄙人只好敬谢不敏了。

　　吃说得太多，现在该来讲睡。我以为睡只要酣畅而时间不必久长。我是每天平均算来恐怕还不到七小时的。

　　睡的时候，床上一定要有顶帐子。帐子白洋布做，暑天则改用白夏布。我的帐子洗得很勤，卧在床上看起来，宛如置身白雪堆中，上面又浮着一片白云似的，飘飘然，飘飘然，伴着我入梦。

　　棉被要薄匀匀的，长而且宽，睡在里面比较舒服。我乡人嫁女，常购余姚上等棉花弹成被头，色白质韧，甚耐久用，当于十余年后，视之犹洁白完好，不改样子，惟较硬而结实耳。上海棉花也不知来自何处，前年我买过一条现成的，色虽白而质脆，买来不到两年，已经不堪用了。褥子可较厚，亦不宜太软。我生平不喜睡弹簧床，大概也是乡下佬习气，只要棕棚好一些便了。至于枕头，我也不大爱用木棉做的，尤其在夏天，以席草屑充其中作为枕芯，比较凉爽。又我们乡下有一种野草，不知何名，将其屑晒干后塞枕中，亦极合适。又有人用泡过茶叶晒燥塞枕头者，云枕之可以清目，则没有试过，不敢妄评。时下枕头样子多薄而阔大，我不喜欢；反之，我的枕头是细长而高的，大概因为我有鼻病，枕头过于低下便有鼻塞之虞的缘故吧。还有席子，我也爱用我乡土做的细篾席子，又滑又挺，凉气沁人，其他草席太粗，台湾席子又嫌太软，转身的时候，容易皱缩。

我睡觉，决不怕人打搅。帐子放下，此中自有小天地，任你帐外开无线电也罢，讲笑话也罢，打牌也罢，我总不注意听，也不故意装作没听见，所谓一只耳朵进一只耳朵出，毫不关心，故时候到了，自能酣然入睡。不知在什么时候，我曾经患过失眠症，全夜睡不着，直到天明才能蒙眬合眼。但是我毫不心急，心想夜里不睡白天睡，不是一样的吗？横竖我是个闲人，又不必九点钟到了必须上写字间办公。这样任他下去，不久便自好了，以后再不会患失眠过。

现在我的睡眠绝无定时，黄昏疲倦了，便攒入帐去，醒来之后吃晚饭，晚饭后啜茶片刻，就写文章或看看书。文章写出，或者书不要看了，再攒进帐子酣睡片刻。醒后再出来，疲倦了再睡，这样夜必数起，直到天将亮才蒙被而卧，不到日高三丈决不肯起床,午睡也没有一定,没有事做便去闭目养神片刻;有人来谈天了,便再也不想睡;看话剧看电影去了,也是如此。

我的梦,常常是可爱的。它不是现实的反映,而是理想的构成。我常常梦着自己驾片舟泛游于湖水之上,也常常梦见母亲,蓬着花白的头发,在慈爱地替我梳小辫子。顶使我奇怪的是,我的梦中回忆常限于十年以前的事,十年以来的结婚生活,我却从来也没梦过一次。我的热情也许早已埋葬了吧?就是在春天的夜里,我也不做桃色的梦。

我爱吃,也爱睡,我把它们当作生活的享受,而从不想到这些竟是卫生所必需。老实说,我可是从不恋生,虽然也并不想死,假如我必须死,而死又必须经过病的阶段的话,那么就让我患一种肺病死吧!慢慢地吃上几年,最后才像酣睡般死去。

吃瓜

◎张中行

　　又到了吃瓜的季节。一瞬间商业风就刮遍海内,有事走上街头,各种瓜,几乎由这一头摆到那一头。瓜多种,单说惯于生吃或可以生吃的,不知为什么,近些年来,我很少吃。主要原因是不怎么想吃,不是吃的机会少。可是看的兴趣却像是没有减少,觉得如西瓜,那些个儿特别大的,黄瓜,笔直的一排,顶端带着黄花的,都好看。觉得好看而不想吃,我有时禁不住想到京剧《打渔杀家》中的语句,是"老了,不中用了"。口和肠胃不中用,心却不甘于不中用,那就想想昔日的,当年勇,如果有一些,总比彻底无好一些吧?

　　想昔日,索性想得远些,由黄发垂髫之时起。记得夏季能从市上买到的瓜,我们家乡都是自产的,所以,走入大都市之前,没见过哈密瓜、白兰瓜之类远地产并有高名的。本地产的有这样几种:西瓜,种类不少,印象深的有两种,一种深青色皮,红瓤,一种名三白,意为白,可是问他们,都说不吃。我自己吃,至多能消耗四分之一,剩下搁不住,扔? 沉吟一下,只好不买。我一生处理许多事,常常失之事后才明白,这一次也是这样,事后想,其时农村生活还很困难,只此一个瓜,舍不得给孩子们吃,一定急用钱吧,其时我是有力量买也应该买的,可是一时糊涂,没有买。一晃三十年过去了,每次见到西瓜我就想起这件事,那位老太太还健在吗?希望她不再那样穷苦,如果园子里还能生产那样的西瓜,就自己吃了它吧。

　　由第二故乡又想到第一故乡,地处北京东南一百几十里的香河县。记得在一篇拙作《狐死首丘》里我曾解释,所谓家乡,依本义,应该指县城以南约五十里的一个小村庄。可是这个处所,一因政治区划变,二因受地震打击,已由原来的破损变为零。我没有禅宗大德那样的修养,可以参"狗子还有佛性也无"的"无"而得悟,就是说,还有余恋,所以就不能不舍本义而安于引申,即把县城(因为有不少温厚的东道主)看作家乡。这就可以回到瓜,是八十年代末的旧历六月,家乡的人又来,带的土产是一书包甜瓜。还是青花色皮,拿到鼻孔下,有香味。洗一个,打开,尝尝,不像儿时那样好吃。但它究竟是家乡产的,可以联结思乡的梦。家乡的人走后,我心有所感,有所思,于是凑七绝一首,词句是:"幽怀记取故园瓜,欲出东门路苦赊。月落天街同此夜,也曾寻梦到梨花。"梨花,也可以说是由"雨打梨花深闭门"那里来的,但我确是在梦中见过这样一个小院。至于东门,是东陵侯的青门,还是也在梦中走过呢?人生一世,梦与实的关系就是这样神秘莫测,至少有时是实难梦易,如果竟是这样,那就寄希望于梦,能在梨花小院,对坐吃一次故园瓜也好。

藕与莼菜

◎叶圣陶

同朋友喝酒，嚼着薄片的雪藕，忽然怀念起故乡来了。若在故乡，每当新秋的早晨，门前经过许多乡人：男的紫赤的胳膊和小腿肌肉突起，躯干高大且挺直，使人起健康的感觉；女的往往裹着白地青花的头巾，虽然赤脚，却穿短短的夏布裙，躯干固然不及男的那样高，但是别有一种健康的美的风致；他们各挑着一副担子，盛着鲜嫩的玉色的长节的藕。在产藕的池塘里，在城外曲曲弯弯的小河边，他们把这些藕一再洗濯，所以这样洁白。仿佛他们以为这是供人品味的珍品，这是清晨的画境里的重要题材，倘若涂满污泥，就把人家欣赏的浑凝之感打破了；这是一件罪过的事，他们不愿意担在身上，故而先把它们洗濯得这样洁白，才挑进城里来。他们要稍稍休息的时候，就把竹扁担横在地上，自己坐在上面，随便拣择担里过嫩的"藕枪"或是较老的"藕朴"，大口地嚼着解渴。过路的人就站住了，红衣衫的小姑娘拣一节，白头发的老公公买两支。清淡的甘美的滋味于是普遍于家家户户了。这样情形差不多是平常的日课，直到叶落秋深的时候。

在这里上海，藕这东西几乎是珍品了。大概也是从我们故乡运来的。但是数量不多，自有那些伺候豪华公子硕腹巨贾的帮闲茶房们把大部分抢去了；其余的就要供在较大的水果铺里,位置在金山苹果吕宋香芒之间,专待善价而沽。至于挑着担子在街上叫卖的,也并不是没有,但不是瘦得像乞丐的臂和腿,就是涩得像未熟的柿子,实在无从欣羡。因此,除了仅有的一回,我们今年竟不曾吃过藕。

这仅有的一回不是买来吃的,是邻舍送给我们吃的。他们也不是自己买的,是从故乡来的亲戚带来的。这藕离开它的家乡大约有好些时候了,所以不复呈玉样的颜色,却满被着许多锈斑。削去皮的时候,刀锋过处,很不爽利。切成片送进嘴里嚼着,有些儿甘味,但是没有那种鲜嫩的感觉,而且似乎含了满口的渣,第二片就不想吃了。只有孩子很高兴,他把这许多片嚼完,居然有半点钟工夫不再作别的要求。

想起了藕就联想到莼菜。在故乡的春天,几乎天天吃莼菜。莼菜本身没有味道,味道全在于好的汤。但是嫩绿的颜色与丰富的诗意,无味之味真足令人心醉。在每条街旁的小河里,石埠头总歇着一两条没篷的船,满舱盛着莼菜,是从太湖里捞来的。取得这样方便,当然能日餐一碗了。

而在这里上海又不然,非上馆子就难以吃到这东西。我们当然不上馆子,偶然有一两回去叨扰朋友的酒席,恰又不是莼菜上市的时候,所以今年竟不曾吃过。直到最近,伯祥的杭州亲戚来了,送他瓶装的西湖莼菜,他送给我一瓶,我才算也尝了新。

向来不恋故乡的我,想到这里,觉得故乡可爱极了。我自己也不明白,为什么会起这么深浓的情绪?再一思索,实在很浅显:因为在故乡有所恋,而所恋又只在故乡有,就萦系着不能割舍了。譬如亲密的家人在那里,知心的朋友在那里,怎得不恋恋?怎得不怀念?但是仅仅为了爱故乡么?不是的,不过在故乡的几个人把我们牵系着罢了。若无所牵系，更何所恋念？像我现在，偶然被藕与莼菜所牵系，所以就怀念起故乡来了。

所恋在哪里，那里就是我们的故乡了。

1923 年 9 月 7 日作

故乡的食物

◎汪曾祺

炒米和焦屑

　　小时读《板桥家书》，"天寒冰冻时暮，穷亲戚朋友到门，先泡一大碗炒米送手中，佐以酱姜一小碟，最是暖老温贫之具"，觉得很亲切。郑板桥是兴化人，我的家乡是高邮，风气相似。这样的感情，是外地人们不易领会的。炒米是各地都有的。但是很多地方都做成了炒米糖。这是很便宜的食品。孩子买了，咯咯地嚼着。四川有"炒米糖开水"，车站码头都有得卖，那是泡着吃的。但四川的炒米糖似也是专业的作坊做的，不像我们那里。我们那里也有炒米糖，像别处一样，切成长方形的一块一块。也有搓成圆球的，叫做"欢喜团"。那也是作坊里做的。但通常所说的炒米，是不加糖黏结的，是"散装"的；而且不是作坊里做出来，是自己家里炒的。

　　说是自己家里炒，其实是请了人来炒的。炒炒米要点手艺，并不是人人都会的。入了冬，大概是过了冬至吧，有人背了一面大筛子，手持长柄的铁铲，大街小巷地走，这就是炒炒米的。有时带一个助手，多半是个半大孩子，是帮他烧火的。请到家里来，管一顿饭，给几个钱，炒一天。或二斗，或半石；

像我们家人口多,一次得炒一石糯米。炒炒米都是把一年所需一次炒齐,没有零零碎碎炒的。过了这个季节,再找炒炒米的也找不着。一炒炒米,就让人觉得,快要过年了。

装炒米的坛子是固定的,这个坛子就叫"炒米坛子",不作别的用途。舀炒米的东西也是固定的,一般人家大都是用一个香烟罐头。我的祖母用的是一个"柚子壳"。柚子——我们那里柚子不多见,从顶上开一洞,把里面的瓤掏出来,再塞上米糠,风干,就成了一个硬壳的钵状的东西。她用这个柚子壳用了一辈子。

我父亲有一个很怪的朋友,叫张仲陶。他很有学问,曾教我读过《项羽本纪》。他薄有田产,不治生业,整天在家研究易经,算卦。他算卦用蓍草。全城只有他一个人用蓍草算卦。据说他有几卦算得极灵。有一家丢了一只金戒指,怀疑是女佣偷了。这女佣人蒙了冤枉,来求张先生算一卦。张先生算了,说戒指没有丢,在你们家炒米坛盖子上。一找,果然。我小时就不大相信,算卦怎么能算得这样准,怎么能算得出在炒米坛盖子上呢? 不过他的这一卦说明了一件事,即我们那里炒米坛子是几乎家家都有的。

炒米这东西实在说不上有什么好吃。家常预备,不过取其方便。用开水一泡,马上就可以吃。在没有什么东西好吃的时候,泡一碗,可代早晚茶。来了平常的客人,泡一碗,也算是点心。郑板桥说"穷亲戚朋友到门,先泡一大碗炒米送手中",也是说其省事,比下一碗挂面还要简单。炒米是吃不饱人的。一大碗,其实没有多少东西,我们那里吃泡炒米,一般是抓上一把白糖,如板桥所说"佐以酱姜一小碟",也有,少。我现在岁数大了,如有人请我吃泡炒米,我倒宁愿来一小碟酱生姜——最好滴几滴香油,那倒是还有点意思的。另外还有一种吃法,用猪油煎两个嫩荷包蛋——我们那里叫做"蛋瘪子",抓一把炒米和在一起吃。这种食品是只有"惯宝宝"才能吃得到的。谁家要是老给孩子吃这种东西,街坊就会有议论的。

我们那里还有一种可以急就的食品,叫做"焦屑"。糊锅巴磨成碎末,就是焦屑。我们那里,餐餐吃米饭,顿顿有锅巴。把饭铲出来,锅巴用小火烘焦,起出来,卷成一卷,存着。锅巴是不会坏的,不发馊,不长霉,攒够一定的数量,就用一具小石磨磨碎,放起来。焦屑也像炒米一样,用开水冲冲,就能吃了,焦屑调匀后成糊状,有点像北方的炒面,但比炒面爽口。

我们那里的人家预备炒米和焦屑,除了方便,原来还有一层意思,是应急。在不能正常煮饭时,可以用来充饥。这很有点像古代行军用的"糒"。有一年,记不得是哪一年,总之是我还小,还在上小学,党军(国民革命军)和联军(孙传芳的军队)在我们县境内开了仗,很多人都躲进了红十字会。不知道出于一种什么信念,大家都以为红十字会是哪一方的军队都不能打进去的,进了红十字会就安全了。红十字会设在炼阳观,这是一个道士观。我们一家带了一点行李进了炼阳观。祖母指挥着,特别关照,把一坛炒米和一坛焦屑带了去。我对这种打破常规的生活极感兴趣。晚上,爬到吕祖楼上去,看双方军队枪炮的火光在东北面不知什么地方一阵一阵地亮着,觉得有点紧张,也很好玩。很多人家住在一起,不能煮饭,这一晚上,我们是冲炒米、泡焦屑度过的。没有床铺,我把几个道士诵经用的蒲团拼起来,在上面睡了一夜。这实在是我小时候度过的一个浪漫的夜晚。

第二天，没事了，大家就都回家了。

炒米和焦屑和我家乡的贫穷和长期的动乱是有关系的。

端午的鸭蛋

家乡的端午，很多风俗和外地一样。系百索子。五色的丝线拧成小绳，系在手腕上。丝线是掉色的，洗脸时沾了水，手腕上就印得红一道绿一道的。做香角子。丝线缠成小粽子，里头装了香面，一个一个串起来，挂在帐钩上。贴五毒。红纸剪成五毒，贴在门槛上。贴符。这符是城隍庙送来的。城隍庙的老道士还是我的寄名干爹，他每年端午节前就派小道士送符来，还有两把小纸扇。符送来了，就贴在堂屋的门楣上。一尺来长的黄色、蓝色的纸条，上面用朱笔画些莫名其妙的道道，这就能辟邪么? 喝雄黄酒。用酒和的雄黄在孩子的额头上画一个王字，这是很多地方都有的。有一个风俗不知别处有不:放黄烟子。黄烟子是大小如北方的麻雷子的炮仗，只是里面灌的不是硝药，而是雄黄。点着后不响，只是冒出一股黄烟，能冒好一会。把点着的黄烟子丢在橱柜下面，说是可以熏五毒。小孩子点了黄烟子，常把它的一头抵在板壁上写虎字。写黄烟虎字笔画不能断，所以我们那里的孩子都会写草书的"一笔虎"。还有一个风俗，是端午节的午饭要吃"十二红"，就是十二道红颜色的菜。十二红里我只记得有炒红苋菜、油爆虾、咸鸭蛋，其余的都记不清，数不出了。也许十二红只是一个名目，不一定真凑足十二样。不过午饭的菜都是红的，这一点是我没有记错的，而且，苋菜、虾、鸭蛋，一定是有的。这三样，在我的家乡，都不贵，多数人家是吃得起的。

我的家乡是水乡。出鸭。高邮大麻鸭是著名的鸭种。鸭多，鸭蛋也多。高邮人也善于腌鸭蛋。高邮咸鸭蛋于是出了名。我在苏南、浙江，每逢有人问起我的籍贯，回答之后，对方就会肃然起敬："哦！你们那里出咸鸭蛋！"上海的卖腌腊的店铺里也卖咸鸭蛋，必用纸条特别标明："高邮咸蛋"。高邮还出双黄鸭蛋。别处鸭蛋也偶有双黄的，但不如高邮的多，可以成批输出。双黄鸭蛋味道其实无特别处。还不就是个鸭蛋！只是切开之后，里面圆圆的两个黄，使人惊奇不已。我对异乡人称道高邮鸭蛋，是不大高兴的，好像我们那穷地方就出鸭蛋似的！不过高邮的咸鸭蛋，确实是好，我走的地方不少，所食鸭蛋多矣，但和我家乡的完全不能相比！曾经沧海难为水，他乡咸鸭蛋，我实在瞧不上。袁枚的《随园食单·小菜单》有"腌蛋"一条。袁子才这个人我不喜欢，他的《食单》好些菜的做法是听来的，他自己并不会做菜。但是《腌蛋》这一条我看后却觉得很亲切，而且"与有荣焉"。文不长，录如下：

> 腌蛋以高邮为佳，颜色细而油多，高文端公最喜食之。席间，先夹取以敬客，放盘中。总宜切开带壳，黄白兼用；不可存黄去白，使味不全，油亦走散。

高邮咸蛋的特点是质细而油多。蛋白柔嫩，不似别处的发干、发粉，入口如嚼石灰。油多尤为别处所不及。鸭蛋的吃法，如袁子才所说，带壳切开，是一种，那是席间待客的办法。平常食用，一般都是敲破"空头"用筷子挖着吃。筷子头一扎下去，吱——红油就冒出来了。高邮咸蛋的黄是通红的。苏北有一道名菜.叫做"朱砂豆腐"，就是用高邮鸭蛋黄炒的豆腐。我在北京吃的咸鸭蛋，蛋黄是浅黄色的，这叫什么咸鸭蛋呢！

端午节，我们那里的孩子兴挂"鸭蛋络子"。头一天，就由姑姑或姐姐用彩色丝线打好了络子。端午一早，鸭蛋煮熟了，由孩子自己去挑一个。鸭蛋有什么可挑的呢？有！一要挑淡青壳的。鸭蛋壳有白的和淡青的两种。二要挑形状好看的。别说鸭蛋都是一样的，细看却不同。有的样子蠢，有的秀气。挑好了装在络子里，挂在大襟的纽扣上。这有什么好看呢？然而它是孩子心爱的饰物。鸭蛋络子挂了多半天，什么时候孩子一高兴，就把络子里的鸭蛋掏出来，吃了。端午的鸭蛋，新腌不久，只有一点淡淡的咸味，白嘴吃也可以。

孩子吃鸭蛋是很小心的。除了敲去空头，不把蛋壳碰破。蛋黄蛋白吃光了，用清水把鸭蛋壳里面洗净，晚上捉了萤火虫来，装在蛋壳里，空头的地方糊一层薄罗。萤火虫在鸭蛋里一闪一闪地亮，好看极了！

小时读囊萤映雪故事，觉得东晋的车胤用练囊盛了几十只萤火虫，照了读书，还不如用鸭蛋壳来装萤火虫。不过用萤火虫照亮来读书，而且一夜读到天亮，这能行么？车胤读的是手写的卷子，字大，若是读现在的新五号字，大概是不行的。

咸菜慈姑汤

一到下雪天，我们家就喝咸菜汤，不知是什么道理。是因为雪天买不到青菜？那也不见得。除非大雪三日，卖菜的出不了门，否则他们总还会上市卖菜的。这大概只是一种习惯。一早起来，看见飘雪花了，我这就知道：今天中午是咸菜汤！

咸菜是青菜腌的。我们那里过去不种白菜，偶有卖的，叫做"黄芽菜"，是外地运去的，很名贵。一盘黄芽菜炒肉丝，是上等菜。平常吃的,都是青菜,青菜似油菜,但高大得多。入秋,腌菜,这时青菜正肥。把青菜成担地买来,洗净,晾去水气,下缸。一层菜,一层盐,码实,即成。随吃随取,可以一直吃到第二年春天。

腌了四五天的新咸菜很好吃,不咸,细、嫩、脆、甜,难可比拟。

咸菜汤是咸菜切碎了煮成的。到了下雪的天气,咸菜已经腌得很咸了,而且已经发酸。咸菜汤的颜色是暗绿的。没有吃惯的人,是不容易引起食欲的。

咸菜汤里有时加了慈姑片,那就是咸菜慈姑汤。或者叫慈姑咸菜汤,都可以。

我小时候对慈姑实在没有好感。这东西有一种苦味。民国二十年,我们家乡闹大水,各种作物减产,只有慈姑却丰收。那一年我吃了很多慈姑,而且是不去慈姑的嘴子的,真难吃。

我十九岁离乡,辗转漂流,三四十年没有吃到慈姑,并不想。

前好几年,春节后数日,我到沈从文老师家去拜年,他留我吃饭,师母张兆和炒了一盘慈姑肉片。沈先生吃了两片慈姑,说:"这个好! 格比土豆高。"我承认他这话。吃菜讲究"格"的高低,这种语言正是沈老师的语言。他是对什么事物都讲"格"的,包括对于慈姑、土豆。

因为久违,我对慈姑有了感情。前几年,北京的菜市场在春节前后有卖慈姑的。我见到,必要买一点回来加肉炒了。家里人都不怎么爱吃。所有的慈姑,都由我一个人"包圆儿"了。

北方人不识慈姑。我买慈姑,总要有人问我:"这是什么?"——"慈姑。"——"慈姑是什么?"这可不好回答。

北京的慈姑卖得很贵,价钱和"洞子货"(温室所产)的西红柿、野鸡脖韭菜差不多。

我很想喝一碗咸菜慈姑汤。

我想念家乡的雪。

虎头鲨·昂嗤鱼·砗螯·螺蛳·蚬子

苏州人特重塘鳢鱼。上海人也是,一提起塘鳢鱼,眉飞色舞。塘鳢鱼是什么鱼?我向往之久矣。到苏州,曾想尝尝塘鳢鱼,未能如愿。后来我知道:塘鳢鱼就是虎头鲨,嘻!

塘鳢鱼亦称土步鱼。《随园食单》:"杭州以土步鱼为上品,而金陵人贱之,目为虎头蛇,可发一笑。"虎头蛇即虎头鲨。这种鱼样子不好看,而且有点凶恶。浑身紫褐色,有细碎黑斑,头大而多骨,鳍如蝶翅。这种鱼在我们那里也是贱鱼,是不能上席的。苏州人做塘鳢鱼有清炒、椒盐多法。我们家乡通常的吃法是氽汤,加醋、胡椒。虎头鲨氽汤,鱼肉极细嫩,松而不散,汤味极鲜,开胃。

昂嗤鱼的样子也很怪,头扁嘴阔,有点像鲇鱼,无鳞,皮色黄,有浅黑色的不规整的大斑,无背鳍。而背上有一根很硬的尖锐的骨刺。用手捏起这根骨刺,它就发出昂嗤昂嗤小小的声音。这声音是怎么发出来的,我一直没弄明白。这种鱼是由这种声音得名的。它的学名是什么,只有去问鱼类学专家了。这种鱼没有很大的,七八寸长的,就算难得的了。这种鱼也很贱,连乡下人也看不起。我的一个亲戚在农村插队,见到昂嗤鱼,买了一些,农民都笑他:"买这种鱼干什么!"昂嗤鱼其实是很好吃的。昂嗤鱼通常也是氽汤。虎头鲨是醋汤,昂嗤鱼不加醋,汤白如牛乳,是所谓"奶汤"。昂嗤鱼也极细嫩,鳃边的两块蒜瓣肉有大拇指大,堪称至味。有一年,北京一家鱼店不知从哪里运来一些昂嗤鱼,无人问津。顾客都不识这是啥鱼。有一位卖鱼的老师傅倒知道:"这是昂嗤。"我看到,高兴极了,买了十来条。回家一做,满不是那么一回事!昂嗤要吃活的(虎头鲨也是活杀)。长途转运,又在冷库里冰了一些日子,肉质变硬,鲜味全失,一点意思都没有!

砗螯,我的家乡叫馋螯,砗螯是扬州人的叫法,我在大连见到花蛤,我以为就是砗螯,不是。形状很相似,入口全不同。花蛤肉粗而硬,咬不动。砗螯极柔软细嫩。砗螯好像是淡水里产的,但味道却似海鲜。有点像蛎黄,但比蛎黄味道清爽。比青蛤、蚶子味厚。砗螯可清炒,烧豆腐,或与咸肉同煮。砗螯烧乌青菜(江南人叫塌苦菜),风味绝佳。乌青菜如是经霜而现拔的,尤美。我不食砗螯四十五年矣。

砗螯壳稍呈三角形,质坚,白如细瓷,而有各种颜色的弧形花斑,有浅紫的,有暗红的,有赭石、墨蓝的,很好看。家里买了砗螯,挖出砗螯肉,我们就从一堆砗螯壳里去挑选,挑到好的,洗净了留起来玩。砗螯壳的铰合部有两个突出的尖嘴子,把尖嘴子在糙石上磨磨,不一会儿就磨出两个小圆洞,含在嘴里吹,呜呜地响,且有细细颤音,如风吹窗纸。

螺蛳处处有之。我们家乡清明吃螺蛳,谓可以明目。用五香煮熟螺蛳,分给孩子,一人半碗,由他们自己用竹签挑着吃。孩子吃了螺蛳,用小竹弓把螺蛳壳射到屋顶上,喀啦喀啦地响。夏天"检漏",瓦匠总要扫下好些螺蛳壳。这种小弓不作别的用处,就叫做螺蛳弓,我在小说《戴车匠》里对螺蛳弓有较详细的描写。

蚬子是我所见过的贝类里最小的了,只有一粒瓜子大。蚬子是剥了壳卖的。剥蚬子的人家附近堆了好多蚬子壳,像一个坟头。蚬子炒韭菜,很下饭。这种东西非常便宜,为小户人家的恩物。

有一年修运河堤。按工程规定,有一段堤面应铺碎石,包工的贪污了款子,在堤面铺了一层蚬子壳。前来检收的委员,坐在汽车里,向外一看,白花花的一片,还抽着雪茄烟,连说:"很好!很好!"

我的家乡富水产。鱼中之名贵的是鳊鱼、白鱼(尤重翘嘴白)、鳜花鱼(即鳜鱼),谓之"鳊、白、鳜"。虾有青虾、白虾。蟹极肥。以无特点,故不及。

野鸭·鹌鹑·斑鸠·鵽

过去我们那里野鸭子很多。水乡,野鸭子自然多。秋冬之际,天上有时"过"野鸭子,黑乎乎的一大片,在地上可以听到它们鼓翅的声音,呼呼的,好像刮大风。野鸭子是枪打的(野鸭肉里常常有很细的铁砂子,吃时要小心),但打野鸭子的人自己不进城来卖。卖野鸭子有专门的摊子。有时卖鱼的也卖野鸭子,把一个养活鱼的木盆翻过来,野鸭一对一对地摆在盆底,卖野鸭子是不用秤称的,都是一对一对地卖。野鸭子是有一定分量的。依分量大小,有一定的名称,如"对鸭"、"八鸭"。哪一种有多大分量,我现在已经记不清了。卖野鸭子都是带毛的。卖野鸭子的可以代客当场去毛,拔野鸭毛是不能用开水烫的。野鸭子皮薄,一烫,皮就破了。干拔,卖野鸭子

食

的把一只鸭子放入一个麻袋里，一手提鸭，一手拔毛，一会就拔净了。——放在麻袋里拔，是防止鸭毛飞散。代客拔毛，不另收费，卖野鸭子的只要那一点鸭毛。——野鸭毛是值钱的。

野鸭的吃法通常是切块红烧。清炖大概也可以吧，我没有吃过。野鸭子肉的特点是细、"酥"，不像家鸭每每肉老。野鸭烧咸菜是我们那里的家常菜。里面的咸菜尤其是佐粥的妙品。

现在我们那里的野鸭子很少了。前几年我回乡一次，偶有，卖得很贵。原因据说是因为县里对各乡水利作了全面综合治理，过去的水荡子、荒滩少了，野鸭子无处栖息。而且，野鸭子过去是吃收割后遗撒在田里的谷粒的，现在收割得很干净，颗粒归仓，野鸭子没有什么可吃的，不来了。

鹌鹑是网捕的。我们那里吃鹌鹑的人家少，因为这东西只有由乡下的亲戚送来，市面上没有卖的。鹌鹑大都是用五香卤了吃。也有用油炸了的。鹌鹑能斗，但我们那里无斗鹌鹑的风气。

我看见过猎人打斑鸠。我在读初中的时候，午饭后，到学校后面的野地里去玩。野地里有小河，有野蔷薇，有金黄色的茼蒿花，有苍耳（苍耳子有小钩刺，能挂在衣裤上，我们管它叫"万把钩"），有才抽穗的芦荻。在一片树林里，我发现一个猎人。我们那里猎人很少，我从来没有见过猎人，但是我一看见他，就知道：他是一个猎人。这个猎人给我一个非常猛厉的印象。他穿了一身黑，下面却缠了鲜红的绑腿。他很瘦。他的眼睛黑而冷。他握着枪。他在干什么？树林上面飞过一只斑鸠。他在追逐这只斑鸠。斑鸠分明已经发现猎人了。它想逃脱。斑鸠飞到北面，在树上落一落，猎人一步一步往北走。斑鸠连忙往南面飞，猎人扬头看了一眼，斑鸠落定了，猎人又一步一步往南走，非常冷静。这是一场无声的，然而非常紧张的、坚持的较量。斑鸠来回飞，猎人来回走。我很奇怪，为什么斑鸠不往树林外面飞。这样几个来回，斑鸠慌了神了，它飞得不稳了，歪歪倒倒的，失去了原来均匀的节奏。忽然，砰——，枪声一响，斑鸠应声而落。猎人走过去，拾起斑鸠，看了看，装在猎袋里。他的眼睛很黑，很冷。

我在小说《异秉》里提到王二的熏烧摊子上，春天，卖一种叫做"鹑"的野味，鹑这种东西我在别处没看见过。"鹑"这个字很多人也不认得。多数字典里不收。《辞海》里倒有这个字，标音为(duo 又读 zhua)。zhua 与我乡读音较近，但我们那里是读入声的，这只有用国际音标才标得出来。即使用国际音标标出，在不知道"短促急收藏"的北方人也是读不出来的。《辞海》"鹑"字条下注云："见鹑鸠"，似以为"鹑"即"鹑鸠"。而在"鹑鸠"条下注云："鸟名。雉属。即'沙鸡。'"这就不对了。沙鸡我是见过的，吃过的。内蒙、张家口多出沙鸡。《尔雅·释鸟》郭璞注"出北方沙漠地"，不错。北京冬季偶尔也有卖的。沙鸡嘴短而红，腿也短。我们那里的鹑却是水鸟，嘴长，腿也长。鹑的滋味和沙鸡有大渊之别。沙鸡肉较粗，略带酸味；鹑肉极细，非常香。我一辈子没有吃过比鹑更香的野味。

蒌蒿·枸杞·荠菜·马齿苋

小说《大淖记事》："春初水暖，沙洲上冒出很多紫红色的芦芽和灰绿色的蒌蒿，很快就是一片翠绿了。"我在书面下方加了一条注:"蒌蒿是生于水边的野草,粗如笔管,有节,生狭长的小叶,初生二寸来高,叫做'蒌蒿薹子',加肉炒食极清香……"蒌蒿的蒌字,我小时不知怎么写,后来偶然看了一本什么书,才知道的。这个字音"吕"。我小学有一个同班同学,姓吕,我们就给他起了个外号,叫"蒌蒿薹子"(蒌蒿薹子家开了一爿糖坊,小学毕业后未升学,我们看见他坐在糖坊里当小老板,觉得很滑稽)。但我查了几本字典,"蒌"都音"楼",我有点恍惚了。"楼"、"吕"一声之转。许多从"娄"的字部读"吕",如"屡"、"缕"、"褛"……这本来无所谓,读"楼"读"吕",关系不大。但字典上都说蒌蒿是蒿之一种,即白蒿,我却有点不以为然了。我小说里写的蒌蒿和蒿其实不相干。读苏东坡《惠崇春江晚景》诗:"竹外桃花三两枝,春江水暖鸭先知。蒌蒿满地芦芽短,正是河豚欲上时。"此蒌蒿生于水边,与芦芽为伴,分明是我的家乡人所吃的蒌蒿,非白蒿。或者"即白蒿"的蒌蒿别是一种,未可知矣。深望懂诗、懂植物学,也懂吃的博雅君子有以教我。

我的小说注文中所说的"极清香",很不具体,嗅觉和味觉是很难比方,无法具体的。昔人以为荔枝味似软枣,实在是风马牛不相及。我所谓"清香",即食时如坐在河边闻到新涨的春水的气味。这是实话,并非故作玄言。

枸杞到处都有。开花后结长圆形的小浆果,即枸杞子。我们叫它"狗奶子",形状颇像。本地产的枸杞子没有入药的,大概不如宁夏产的好。枸杞是多年生植物。春天,冒出嫩叶,即枸杞头。枸杞头是容易采到的。偶尔也有近城的乡村的女孩子采了,放在竹篮里叫卖:"枸杞头来!……"枸杞头可下油盐炒食;或用开水焯了,切碎,加香油、酱油、醋,凉拌了吃。那滋味,也只能说"极清香"。春天吃枸杞头,云可以清火,如北方人吃苣荬菜一样。

"三月三,荠菜花赛牡丹。"俗谓是日以荠菜花置灶上,则蚂蚁不上锅台。

北京也偶有荠菜卖。菜市上卖的是园子里种的,茎白叶大,颜色较野生者浅淡,无香气。农贸市场间有南方的老太太挑了野生的来卖,则又过于细瘦,如一团乱发,制熟后强硬扎嘴。总不如南方野生的有味。

江南人惯用荠菜包春卷,包馄饨,甚佳。我们家乡有用来包春卷的,用来包馄饨的没有,——我们家乡没有"菜肉馄饨"。一般是凉拌。荠菜焯熟剁碎,界首茶干切细丁,入虾米,同拌。这道菜是可以上酒作凉菜的。酒席上的凉拌荠菜都用手抟成一座尖塔,临吃推倒。

马齿苋现在很少有人吃。古代这是相当重要的菜蔬。苋分人苋、马苋。人苋即今苋菜,马苋即马齿苋。我的祖母每于夏天摘肥嫩的马齿苋晾干,过年时作馅包包子。她是吃长斋的,这种包子只有她一个人吃。我有时从她的盘子里拿一个,蘸了香油吃,挺香。马齿苋有点淡淡的酸味。

马齿苋开花,花瓣如一小囊。我们有时捉了一个哑巴知了——知了是应该会叫的,捉住一个哑巴,多么扫兴!于是就摘了两个马齿苋的花瓣套住它的眼睛——马齿苋花瓣套知了眼睛正合适,一撒手,这知了就拼命往高处飞,一直飞到看不见!

三年自然灾害,我在张家口沙岭子吃过不少马齿苋。那时候,这是宝物!

食

温州小吃

◎林斤澜

小引

我喜欢小吃。对大吃如筵席,总觉得一般化。就是上两个特色的菜,也叫七盘八碗的公式淹没了。还有,也浪费,也熬神。更加年纪大了,常常不耐烦起来。

小吃也有一般化的,但你可以走开,去找那独立的个性。去坐那不拘束的摊头。去随意吃点不吃点,喝点不喝点。

俗云:"吃在广州。"近年因"温州模式"叫响,报纸上有了描写温州的小吃夜市,标题多用"吃在温州"(这也算得乾隆笔意吧,他好用御笔另定天下第一)。

温州的小吃夜市,倒是灯火通明,通宵达旦。天黑开始,午夜高潮,上半夜下半夜摊担更换,黄昏与启明,品种不得一样。

要说出小吃的名色,就牵涉到方言土语。越有个性的越土,若换做普通话,难免一般化了,怪可惜的。偏偏温州方言,自成一格,通用范围不过几个县。比较起通用来,广东话上海话就"普通"得多。先前,在语言学上,温州话归属吴语系。前几年,一位在语言研究所专门研究温州语言的老乡说,现在只好把温州话从吴语系中划出来,单立一支。如果叫做独立大队太大,也得叫做独立小队。

事关地方风味,不得不先交代几句,作为引子。

一 生

各地都有生吃的食物,西红柿黄瓜不必说,广东福建有海鲜的生食,如生鱼片,那要烫在热粥里。如生鱿鱼干下酒,但也经火略烤。

温州生食较多,有略加处理的也不经火不加热。凡属这种吃法的,生字需放在后边,如豆腐生、港蟹生、盘菜生、白鳝生、蛎蚪生。

本地人也偶有不吃"生"的,别人就会说:"白白把你做个温州人了。"温州人远离家乡的,谈起吃食,总是"生"占上风。上例诸"生",各人或有偏爱,但不论哪一"生",提起来都一片"啧啧",提到偏爱的,竟会发声如同欢呼。

港蟹生是诸生中上得台盘,不但上得去还有摆"当中"的资格。家常便饭也是四个盘叫"盘头",放到"盘头"中间去的叫"菜",爱说土话的也叫做"摆当中"。

港蟹有写作江蟹,其实就是海产梭子蟹。剥开洗净,或过盐水或撒盐暴腌二三小时,斩块码在盘上,蟹肉因鲜作蛋清色,上铺蟹黄因肥一片金黄。这蛋清与金黄都因未经火,不凝结,生动明亮。加醋,加胡椒粉也有稍稍加点白糖的,只是胡椒粉非常重要不可少用。

一九八七年春上海突发甲肝成灾,蔓延到杭州和沿海一带,政府劝告暂停生食。椒江市文联主席是位女作家,见我多年在外,亲自下厨监督,端上一盘生蟹。声明三天内得肝炎的,她负责。其实不用她鼓舞,她也负不了责。只见筷子上头,有略略踌躇的,有径直向前的,有连起连落的,眨眼间,竟光。

正逢蟹季,天天吃,顿顿吃,到后来仿佛舌尖都破了,凡蒸、炒、煮的蟹,都不想动筷子。惟有这蟹生,百吃亦如初吃,那样的鲜味来自大自然,是自然的原味,岂能生厌。

有外地朋友不敢动筷,轻声叹道:"茹毛饮血。"

说的是原始。殊不知原始的美,是美的源头。追求美的人,经过千辛万苦,才会把返璞归真,作为追求的最后境界。

二　粉

粉,是大米粉水磨成浆,过漏成丝,入锅煮熟晾干。南方诸省都有,叫粉条粉丝不一,温州自叫粉干。有细如发丝的加龙须二字。

农家待常客或不速之客,就炒粉干。大海碗堆尖,连声说怠慢怠慢端到面前。当饭,也下酒。怎么可以下得酒呢?那堆尖部分五颜六色,嫩黄的鸡蛋,翠绿的新摘蔬菜,棕黑的香菇,淡红的海米……

我少年时奔赴战争,第一次走进仙霞深山。头天到一交通站落脚,天上墨黑,一灯如豆,端上来这么一海碗,半个世纪过去了,还热腾腾在眼前。

不想我的女儿八九岁时,"浩劫"中第一次回祖籍,坐了一天"小火轮"下乡看姨母。她留下深刻的印象:一是武斗的枪声,再是这样一海碗炒粉干。

粉干也可以煮了带汤吃。市上有一种吃法,走遍南北没有见过,叫做"猪脏粉"。卖时文火热着锅,大小肠横在锅中间,四边油晃晃的汤上是煮烂浸透的粉干,粗大,本地人形容做轿杠一样。这是特制的,虽说烂熟,筷子挑起来不断,放到嘴里不糟。

朝摊头上一坐,摊主人先用筷子把轿杠一样的粉干挑到碗里,再用手指在热汤里捉肠头,嗖嗖几刀,捉肠尾嗖嗖几刀,大头小头一刀码到碗里,撒上碧绿香菜……动作的敏捷和潇洒,可观,可兴奋食欲。

现在夜市上简化了。把猪肠煮好切好放在一边,粉干也没有轿杠一样的了,临时一热,舀一勺猪肠上去。简化,有的是时代的需要,是好事。不过有的,是吃大锅饭吃出来的,可惜。

半个世纪以前,大将粟裕,曾在浙闽边打游击。他晚年回来看看老根据地。我在夜市摊头,听到一个传说:一天晚上,大将从保卫严密的住处,一个人偷出来,坐到摊头吃了一碗"猪脏粉"。当然无从查考,若是市场上的吹嘘,那,这个广告做得怪有想象力的。

三　鱼

各地吃鱼,用料做法不一,派别甚多。我以为甜派最糟。药派(加中药)贵重实非正路。酸派中西双版纳傣家的酸鱼,简约而别具一格。浓重是一大派,四川是代表,咸油辣麻,满嘴佐料中略知鱼肉。浓重的对面,是清淡派。这多半是在沿海,在水乡,日日见鱼虾的地方。

人说温州也属清淡,是也是的还是笼统。温州着重原味,恨不能把条鱼洗洗煮煮就端上来。家常吃小黄鱼大带鱼大小鲳鱼,撒撒盐,略略放点葱花姜片,蒸蒸上桌,原形本色。实不耐烦油煎油炸,若像北地裹上面粉炸成油条油卷油饼模样,何必吃鱼。北京主妇看见海杂鱼价钱便宜,想买又不买,理由总是:没有那么多油伺候它!

温州上席的大黄鱼,也不走油、过油,只浇点油,叫做葱油鱼,做法大体像西湖醋鱼却把醋也免了。

再有种做法,只有鱼味看不见鱼样:鱼丸、鱼饼、鱼面、鱼松是也。

鱼饼是把鱼肉斩碎,加"散"粉(菱粉团粉),放葱放盐,多放姜,揉透要紧。成扁圆长条,用手拍上酱油料酒,走油成金黄色,上蒸笼蒸熟,切片码盘。配上烂熟猪头肉,烂熟好撇去浮油,也能切成薄片,那是刀功了。一片鱼饼一片猪头肉同时进口,因名鱼饼肉。其味可以想象。

原先四顾桥头的鱼饼有名,现在到四顾桥头四顾,连桥也没有了,那单间三层的木头小楼,了无踪迹。

现在还有鱼饼卖,配猪头肉同吃的事,青年人晓也不晓得了。鱼饼也不"行时",可能是偷工减料的缘故。

偷工减料又有原因,"温州模式"打响以后,市面上一片暴发景象。穿衣服论时装,饮食也赶时髦,鱼饼成了陈式粗货。好比当今的文学,三年两头出主义,急急忙忙倒洗澡水,会把孩子也倒掉的。

独白:吃鱼吃原味。原味如同本色,温州话里有一句仿佛诗句:"好生囝儿真如骨。""囝儿"即女孩子,"好生"是品貌双全,貌好品真。"真如骨"的"骨",即北方话的"骨子里"。

四　生续

　　生食篇中,因篇幅关系,只说了一样"港蟹生"。其实诸"生"都可说。比如"白鱣生",这个鱣字少见,是我顺音用上。本地以为土名无字,鱼咸店里一般只写作"鱼生"。(鱼咸即咸鱼,咸字也放到后边去。咸菜也叫做菜咸)。

　　偶有写作"白淡生",不确,这一"生"是咸货。状如带鱼而小,不过两三寸长。又不是带鱼的幼小时候,那是另一品种,长不大的。鱣鱼据说长大可以过丈。但古书上有把"讲堂"称作"鱣堂",因有典故说,有鸟嘴衔鱣三条上堂,后来如何如何吉利云云。鸟嘴叼得了三条的,总只能寸长,是小鱣鱼? 是鱣也有不同种类? 如猴中有墨猴,娇小可以住在笔筒里。这是我顺音借用的缘故。

　　"白鱣生"是生鱼配上萝卜丝,用盐腌了,把酒糟糟了,红糊糊带汤。食时不蒸不下锅,只加醋放开,也可以加糖,作为蘸卤。蘸脏鱼吃最佳。脏鱼就是海蜇,那当然也是生食。有的地方用开水烫过,或下锅一焯,温州人用一字评论:呆。

　　可以蘸豆腐干下酒,也可以凉拌蔬菜粉丝,都因生才独到佳境。有人不叫上桌子,受不了那腥气钻鼻子。会吃的一进口,就会觉得海的鲜味压倒了腥气。转过来腥气也是大海的气息了。

　　我久居北京,家乡来人也都带点土产来,只有这"白鱣生"汤汤卤卤,上车下车不便,偶有疏漏,那腥气会叫一车人不容忍。日久,这是我最思念的东西了。

　　有日,有位业余举重运动员,自告奋勇,装一小坛子,密封,千里迢迢一路抱到北京。第一次上桌子,我北京生的女儿,马上连连下筷子。有位电影导演一家来串门,论籍贯有南有北,也有个北京生的女儿。全家都能接受,我告诉他们名目,太土,他们记不住。第二年,那女儿还要小带鱼吃,可是已经连坛子涮下来的涮水,也蘸豆腐干下酒了。

举重运动员现住海外,不知道还记得起当年的豪举否。

导演的女儿也做了妈妈,据说,她还问起过小带鱼。

现在海边"白鳝"少了,也还有。海蜇(脏鱼)几近绝迹。据研究原因多种,污染少不了是其中之大者。本地人叹道:把子孙饭都吃了。

脏鱼(海蜇)本是粗货,现在物以稀为贵。正式酒席上,摆当中的大拼盘当中——中之中,也可以是海蜇了。

小时候,我家是多子女家庭,早上吃粥,天天是"白鳝生"蘸"脏鱼",等同咸菜。小孩子吃烦了,偶见换上油条,生大欢喜。现在兄弟见面回想起来,以为愚不可及。用土话嘲笑道"憨猪一样"。

吃喝之道

◎陆文夫

　　我曾经写过一篇小说,名曰《美食家》。坏了,这一来自己也就成了"美食家",人们当众介绍"这位就是美食家陆某……"其实,此家非那家,我大小也应当算是个作家。不过,我听到了"美食家陆某"时也微笑点头,坦然受之,并有提升一级之感。因为当作家并不难,只需要一张纸与一支笔;纸张好坏不论,笔也随处可取。当美食家可不一样了。一是要有相应的财富和机遇,吃得到,吃得起;二是要有十分灵敏的味觉,食而能知其味;三是要懂得一点烹调的原理;四是要会营造吃的环境、心情和氛围。美食和饮食是两个概念,饮食是解渴与充饥,美食是以嘴巴为主的艺术欣赏——品味。

　　美食家并非天生,也需要学习,最好还要能得到名师的指点。我所以能懂得一点吃喝之道,是向我的前辈作家周瘦鹃先生学来的。周先生被认为是鸳鸯蝴蝶派的首领,上个世纪的三十年代,他在上海滩上编《申报·自由谈》、《礼拜六》、《紫罗兰》,包括大光明的海报在内,总共有六份出版物,家还住在苏州。刊物需要稿件,他的拉稿方法就是在上海或苏州举行宴会,请著名的作家、报人赴宴,在宴会上约稿。周先生自己是作家,也应邀赴别人的约稿的宴会。你请他,他请你,使得周先生身经百战,精通了吃的艺术。名人词典上只载明周先

食

生是位作家、盆景艺术家,其实还应该加上一个头衔——美食家。难怪,那时没有美食家之称,只能名之曰会吃。会吃上不了词典,可在饭店和厨师之间周先生却是以吃闻名,因为厨师和饭店的名声是靠名家吃出来的。

余生也晚,直到六十年代才有机会常与周先生共席。那时苏州有个作家协会的会员小组,约六七人。周先生是组长,组员有范烟桥、程小青等人,我是最年轻的一个,听候周先生的召唤。周先生每月要召集两次小组会议,名为学习,实际上是聚餐,到松鹤楼去吃一顿。那时没有人请客,每人出资四元,由我负责收付。周先生和程小青先生都能如数交足,只有范烟桥先生常常是忘记带钱。

每次聚餐,周先生都要提前三五天亲自到松鹤楼去一次,确定日期,并指定厨师,如果某某厨师不在,宁可另选吉日。他说,不懂吃的人是"吃饭店",懂吃的人是"吃厨师"。这是我向周先生学来的第一要领,以后被多次的实践证明,此乃至理名言。

我们到松鹤楼坐下来,被周先生指定的大厨师便来了:

"各位今天想用点啥?"

周先生总是说:"随你的便。"他点了厨师以后就不再点菜了,再点菜就有点小家子气,而且也容易打乱厨师的总体设计。名厨在操办此种宴席时,都是早有准备,包括采购原料都是亲自动手,一个人从头到尾,一气呵成,不像现在都是集体创作,流水作业。

苏州的饮食文化源远流长,就像昆剧一样,它有一套固定的程式。大幕拉开时是八只或十二只冷盆,成双,图个吉利。冷盆当然可吃,可它的着重点是色彩和形状。红黄蓝白色彩斑斓,龙凤呈祥形态各异。美食的要素是色、香、味、形、声。在嘴巴发挥作用之前,先由眼睛、鼻子和耳朵激发起食欲,引起所谓的垂涎欲滴,为消化食物做好准备。在眼耳鼻舌之中,耳朵的作用较少,据我所知的苏州菜中,有声有色的只有两种,一是"响油鳝糊",一是"虾仁锅巴",俗称天下第一菜。响油鳝糊就是把鳝丝炒好拿上桌来,然后用一勺滚油向上面一浇,发出一阵"喳呀"的响声,同时腾起一股香味,有滋有味,引起食欲。虾仁锅巴也是如此,是把炸脆的锅巴放在一个大盆里拿上桌来,然后将一大碗虾仁、香菇、冬笋片、火腿丝等做成的热汤向大盆里一倒,发出一阵比响油鳝糊更为热闹的声音。据说,乾隆皇帝大为赞赏,称之为"天下第一菜",看来也只有皇帝才有这么大的口气。可惜的是此种天下第一菜近来已不多见,原因是现在的大饭店都现代化了,炸脆的虾仁锅巴从篮球场那么大的厨房里拿出来,先放在备餐台上,再放到升降机中,升至二楼三楼或四楼的备餐台,然后再由服务小姐小心翼翼地放上手推车,推进三五十米,然后再放上桌来,这时候锅巴也快凉了,汤也不烫了,汤向锅巴里一倒,往往是无声无息,使得服务小姐十分尴尬,食者也索然无味,这样的事情我碰到过好几回。

我和周先生共餐时,从来没有碰到过如上的尴尬,因为那时的饭店都没有现在的规模,大名鼎鼎的松鹤楼也只是两层楼,从厨房到饭桌总在一分钟之内,更何况大厨师为我们烹调时是一对一,一道菜上来之后,大厨师也上来了,他站立在桌旁征求意见:"各位觉得怎么样?"

周瘦鹃先生舍不得说个好字,总是说:"唔,可以吃。"

程小青先生信耶稣,他宽恕一切,总是不停地称赞:

食

"好，好。"

范烟桥先生是闷吃，他没有周先生那么考究，只是对乳腐酱方(方块肉)、冰糖蹄膀有兴趣。

那时候的苏州菜是以炒菜为主，炒虾仁、炒鳝丝、炒腰花、炒蟹粉、炒塘鳢鱼片……炒菜的品种极多，吃遍不大可能，少了又不甘心，所以便有了双拼甚至三拼，即在一只腰盆中有两种或三种炒菜，每人对每种菜只吃一两筷。用周先生的美食理论来讲这不叫吃，叫尝，到饭店里来吃饭不是吃饱，而是"尝尝味道"，吃饱可以到面馆里去吃碗面，用不着到松鹤楼来吃酒席。这是美食学的第二要领，必须铭记，要不然，那行云流水似的菜肴有几十种，你能吃得下去？吃到后来就吃不动了，只能眼睁睁地看着那大菜冒热气。有人便因此而埋怨中国的宴席菜太多，太浪费。

所谓的菜太多，太浪费，那是没有遵守"尝尝味道"的规律。菜可以多，量不能大，每人只能吃一两筷，吃光了以后再上第二道菜。大厨师还要不时地观察"现场"，看见有那一只菜没有吃光，他便要打招呼："对不起，我做得不配大家的胃口。"跟着便做一只"配胃口"的菜上来，把那不配胃口的菜撤下去。绝不是像现在这样，几十道菜一齐上，盆子压在盆子上，杯盘狼藉，一半是浪费。为了克服此种不文明的现象，于是便兴起了一种所谓的中餐西吃，由服务员分食，这好像是中学为体、西学为用的老花头。可惜的是中餐和西餐不同，吃法不能与内容分离。那色、香、味、形、声不能任意分割，拉开距离。把一条松鼠鳜鱼切成小块分你吃，头尾都不见了，你知道那是什么东西。有时候服务小姐在分割之前把菜在众食客面前亮亮相，叫先看后吃。看的时候吃不到，吃的时候看不见，只能看着面前的盘子把食物放到嘴里,稍一不留神,就分不清鸭与鸡,他说是烤鸭,却只有几块皮,吃完之后只记得有许多杯子和盘子在面前换来换去,却记不清楚到底吃了些什么东西。

如果承认美食是一种欣赏的话,那是要眼耳鼻舌同时起作用的,何况宴席中菜肴的配制是一个整体,是由浅入深,有序幕,有高潮,有结尾。荤素搭配,甜咸相间,还要有点心镶嵌其间。一席的点心通常是四道,最多的有八道。点心的品种也是花式繁多,这在饭店里属于白案,是另一体系,可是最好的厨师是集红白案于一身,把点心的形状与色彩和菜肴融为一体。

如果要多尝尝各美食的味道,那就必须集体行动,呼朋引类,像周瘦鹃先生那样每月召开两次小组会。如果是两三人偶然相遇,那就只能欣赏"折子戏"了。选看"折子戏"要美食家自己点菜了,他要了解某厨师有哪些拿手好戏,还要知道朋友们是来自何方,文化素养如何,因为美食有地方性,有习惯性,也与人的素质有关系。贪吃的要量多,暴发的要价高,年老的文化人要清淡点。点菜是否准确,往往是成败的关键。

美食之道是大道,具体的烹调术是由厨师或烹调高手来完成的。可这大道也非常道,三十年前的大道,当今是行不通了。七八年前,我曾经碰到一位当年为我等掌厨的师傅,我说,当年我们吃的菜为啥现在都吃不到了。这位大厨师回答得很妙:

"你还想吃那时候的菜呀,那时候你们来一趟我们要忙好几天!"

这话说到点子上了,如果按照那时的水平,两三个厨师为我们忙三天,这三天的工资是多少钱!再加上一只红炉专门为我们服务,不能做其他的生意。那原料就不能谈了,鸡要散养的,甲鱼要天然的,人工饲养的鱼虾不鲜美,大棚里的蔬菜无原味……对于那些志在于"尝尝味道"的人来说,这些都是差不了半点。当然,要恢复"那时候的菜"也不是不可能,那就不是每人出四块钱了,至少要四百块钱才能解决问题。周先生再也不能每个月召开两次小组会了,四百块钱要写一万个字左右的短篇,一个月是绝不会写出两篇来的。到时候不仅是范烟桥先生要忘记带钱了,可能是所有的人钱包都忘记在家里。所以我开头便说,当美食家要比当作家难,谁封我是美食家便是提升了一级,谢谢。

2005 年 2 月 28 日

文人美食

◎李国文

陆文夫写过一个中篇小说，题名《美食家》，他从此也获得了一个"美食家"的头衔；而且马上被法国美食家协会聘为资深顾问，还专程到法国各地去美食了一周。其实，他对于番菜的兴趣，未必多么热烈。若有一碟花生米、二两老酒，加之谈得来的老朋友，我看他会更加其乐融融的。所以，到苏州，他陪你观光，有他自己的一条路线，他请你吃饭，有他自己的一家餐馆。

还有一位故去的汪曾祺先生，江苏高邮人，那个地方，以产咸鸭蛋闻名。我看他屡屡写些他家乡的农家小吃，和他抗战时期在西南联大当学生时，吃过的什么云南过桥米线和油鸡枞等等文字；其意似乎并不在吃，而在于对往事的回忆，看来怀旧比那些食物更令他陶醉。但是，他懂得美食，甚至亲自操刀，表演一两手，以博一粲。

张贤亮的《绿化树》里，那位马缨花女士开的"美国饭店"中，她的两位情敌为一两块烤白薯而差点决斗，彼时彼刻，吃只是为了苟延残喘，为了活命，饥饿使人扭曲得丢失了最后一点尊严。然而，那终究是陈旧的故事了，对如今吃得太饱的文坛，已失去产生切肤之痛的共鸣。于是，他也就投笔从戎，搏战于商场。长袖善舞的他，出入星级餐厅，品尝极品大菜，"美国饭店"那张褪色的老照片,恐怕难得翻出来一阅了。

会吃、懂吃,是一种天分;会吃、懂吃,而且有可能吃,那是一种幸福。

当年住在北京西郊的破屋茅檐里,撰写《红楼梦》时的曹雪芹,"满径蓬蒿老不华,举家食粥酒常赊",已经贫穷到了"茅椽蓬牖,瓦灶绳床"的地步。这位毫无疑问是"美食家"的他,再去回味那些曾经吃过的美食,可想而知,舌上的味蕾该是怎么一个苦涩感受了。大师在失落的怅惘、追忆的痛苦之中,追悔失去的一切;在遗憾中补缀那张烟消云散的记忆之网时,空空荡荡的嘴巴,该是多么煎熬了?

我发现,这位文学大师,在他笔下,一旦写到金陵那条街上钟鸣鼎食之家,宴游饮乐、大吃二喝时,凡与嘴巴有关细节,无不特别地来劲,抖精神,倾情不已。那次螃蟹宴,那次寿怡红群芳夜会,那次刘姥姥吃茄鲞,那次白玉钏亲尝莲叶羹……他在叙述过程中的陶醉之情、追悔之意、碧落黄泉、伤心往事,尽管不着一字,却是我们在读这部不朽之作时,能够充分感受到的。

也许,美食和美文有些什么必然的联系?

是不是由此类推,不能领会美食之美的作家诗人,怕也难以写出美文之美?

由此,我在研究东坡先生的全过程中,始终纳闷,此公好吃喝、善啖肉、能下厨、会烧菜、胃口奇佳、口福极好,是否因此他才写出千古传唱的诗词,淋漓尽致的文章,风流妩媚的书法?

有这种可能吗?

在中国,一般人的所谓"口福",重点有二:一,有的吃,二,吃得下。明代权相张居正，从北京南下，经冀、鲁、苏、皖到湖北江陵老家，给他老爹办丧事，一路所过州府衙门，为他准备吃喝，可谓煞费苦心，山珍海味，水陆毕陈，以讨得这位首辅欢心。谁知张居正对着眼前桌面上数十道菜肴，皱着眉头，埋怨道，竟没有我想下筷子一尝的。

没得吃，自然没有口福，有得吃而吃不下，也算不得有口福，只有苏东坡，除了有得吃和吃得下之外，还要加上两条，一条是即使没得吃，也要想法满足自己的口福，一条是他把吃当做其乐无穷的事。确实如此，苏东坡一生，放浪形骸之外的潇洒豁达、吃得快活，是他文章写得千古不朽的基本要素。

老实说，在中国，一般老百姓知道《赤壁赋》、《念奴娇·大江东去》、《寒食帖》者，远不如知道"东坡肉"、"东坡肘子"者多。我在他老家四川眉山，品尝过这道名菜，也在杭州西子湖畔，欣赏过这道佳肴。要论解馋、实惠，而且肚子还比较地空淡乏油的话，那么足以大快朵颐者，非此物不可。

肥而不腻、瘦而不柴，东坡肉堪称猪肉菜肴里的上品了。

所以老百姓，尤其居下层，消化能力特强，但经济实力稍差者，一听到"东坡肉"这三个字，马上想起那碗色泽红亮、形整不散、软烂如腐、鲜香不腻的佳肴，立刻涌上来口水和食欲。张居正绝不会生出这种胃口，而苏东坡这位文人，可贵在他的大众观点、平民精神，可贵在他不在乎"肉食者鄙"的讪诮，而能够与民同乐，居然于无意中发明了一种吃法。文人而能领导美食，此公为第一位。

但别小看红烧肉，毛主席就很爱吃的，并认为有补脑之功效。此说是否有科学依据，待考。但苏东坡的诗、词、文、赋，确实是汪洋恣肆、不可一世，很可能与他爱吃猪肉，摄取什么

食

特殊营养,使他的脑细胞发达,有点什么联系?包括他的挥洒自如的书法,也有点像"东坡肉"那种肥腴饱满的韵味。可以想象东坡先生酒足饭饱、意兴酣畅、即席挥毫、龙飞凤舞的雍容放达。这种大度,决不是饿肚汉或患有严重胃溃疡病人所能具有的。相信他创造的这种佳肴,一定为他的文思提供不少助力。

大多数中国人可能未必背得出苏东坡的诗词,但没有领教过或者索性不知道"东坡肉"和"东坡肘子"者,恐怕为数甚少。在中国洋洋大观的菜系食谱中,能以一个作家诗人的名字冠之为名的珍馐,这光荣只有苏东坡享有,实在是使得一向上不得台盘的文人扬眉吐气的。

大家都晓得东坡肉这道菜典出杭州,不过到西湖的人,更热衷炸响铃、炒鳝糊、龙井虾仁、西湖醋鱼。四川眉山,因为是苏轼的家乡,也沾光推出了东坡肘子。有一年我到峨嵋山,途经该城,有幸尝到此味,除价格公道外,别的就没有留下什么印象了。

其实,东坡肉的最早发源地是湖北黄冈。1080年苏东坡谪居黄冈,因当地猪多肉贱,才想出这种吃肉的方法。宋代人周紫芝在《竹坡诗话》中记载:"东坡性喜嗜猪,在黄冈时,尝戏作《食猪肉诗》云:'黄州好猪肉,价贱等粪土。富者不肯吃,贫者不解煮。慢着火,少着水,火候足时他自美。每日起来打一碗,饱得自家君莫管。'"

后来,1085年苏轼从黄州复出,经常州、登州返回都城开封,在朝廷里任职,没过多久,受排挤,1089年要求调往杭州任太守,这才将黄州烧肉的经验发展成东坡肉这道菜肴。他在杭州,做了一件大好事,就是修浚西湖,筑堤防汛,减灾免

88

难。杭州的老百姓为了感谢他的仁政，把这条湖堤称作苏堤。堤修好时，适逢年节，市民为了感谢他，送来了猪肉和酒。东坡先生倒很有一点群众观点，批了个条子，说将"酒肉一起送"给那些在湖里劳作的民工。结果，做饭的师傅错看成"酒肉一起烧"，就把两样东西一块下锅煮起来，想不到香飘西湖，令人馋涎欲滴。这就是色浓味香、酥糯可口、肥而不腻、瘦而不柴的东坡肉的来历。于是，慢火、少水、多酒，便成了制作这道菜的诀窍。

可是，如果想到他贬到黄州之前，还是在开封大牢里关着的钦犯，是个差一点就要被杀头的人，就会发现他这种口福上的专注之情，其实是这位文学大师，对于权贵、恶吏、小人、败类恨不能整死他的精神抵抗。从他《初到黄州》一诗中，就表白出他的这种绝不服输的性格："自笑平生为口忙，老来事业转荒唐。长江绕郭知鱼美，好竹连山觉笋香。逐客不妨员外置，诗人例着水曹郎。只惭无补丝毫事，尚费官家压酒囊。"这和他在出狱后所写的诗句，"平生文字为吾累，此去声名不厌低。塞上纵归他日马，城东不斗少年鸡"，那种绝不买账的心态是相一致的。

苏东坡一生犯小人，总是不得安宁，这也是所有善良的人经常碰上的厄运。然而，他在颠沛流离的一生中，却有着难得的好口福，实在使那些整他的人气得发昏。

会吃、懂吃、有条件吃，而且有良好的胃口，是一种人生享受。尤其在你的敌人给你制造痛苦时，希望你过得悲悲惨惨，凄凄冷冷，希望你厌食，希望你胃溃疡、胃穿孔，希望你寻死上吊，你却能像一则电视广告那天津卫说的"吃嘛嘛香"，绝对是一种灵魂上的反抗。应该说，苏东坡的口福，是他在坎坷生活中的一笔精神财富。如果看不到这点自我保护的精神世界，不算完全理解苏东坡。

苏东坡一生忠言谠论、刚直不阿，从来不肯苟且妥协，他在《湖州谢表》里，公开表示自己的态度："愚不适时，难以追陪新进。"所谓新进，就是一班沐猴而冠的家伙。他压根不理会这些握有权柄的小人之辈，而且也不顾忌小人不可得罪的道理，照讲他想讲的话，照写他想写的文章，锋芒毕露，毫无收敛。于是，他就一而再、再而三地遭受到政治上的迫害。外放、贬官、谪降、停俸，这也是历史上的统治者收拾作家诗人，还不到杀头掉脑袋的程度时，常用的一套令其不死不活的做法。

现在回过头去看，古往今来的作家诗人之所以挨整，很大程度上是由于小人作祟的缘故。有小人密告在先，皇帝才发怒于后。日理万机的九五之尊，有一点空余时间，还得应付三宫六院七十二嫔妃，要一一摆平那些性饥渴和性苦闷的玉体横陈的女人，不会有多少时间去读小说诗歌的。这样，一班小人式的文人或文人式的小人，就有事情好做了，检举告密、出首揭发、深文周纳、罗织罪名。所以，小人对于社会的危害，犹如胆固醇附着于血管壁，要发生栓塞梗死现象一样，小人愈多，社会便愈腐败。在历史上，凡大兴文字狱的朝代，总是政治上最窒息、小人最繁多、正人君子最倒霉的时期。尤其像苏东坡这样处于创作巅峰状态的、文如泉涌的、旁人不可企及的大师，更是他们的嫉恨对象。因为这些文人中的宵小，一旦写不出或写不好作品，无不产生狠毒的咬人之心，是恨不能对大师食肉寝皮的。所以，东坡先生数十年间，三落三起，先是被贬黄州，后是谪往岭南，最终流放到海南岛，都是小人们不肯放过他的结果。

他们以为这样可以使他噤声、沉默、低头、困顿，以至于屈服、告饶、认输、投降。但小人们完全估计错了，苏东坡无论贬谪到什么地方，都能写出作品，都能吃出名堂，都能活得有滋有味。这就非我们那些或神经脆弱，或轻浮浅薄，或经不起风风雨雨，或摔个跟头便再也爬不起来的同行，所能望其项背的了。于是，你不能不佩服他的文章，你不能不羡慕他的口福。无论文章，无论胃口，都充满了他对权势的蔑视，对小人的不屑，对生活和明天的憧憬和希望，以及身处逆境中的乐观主义。

"你让我死，我就会按你说的去死吗？我且不死呢，只要我这张嘴还能够吃下去，我这支笔就能够继续写下去。"假如以这样的潜台词，来理解在苏东坡全部作品中，竟会有如此多的笔墨谈到他的吃喝、他的口福、他的开怀大饮或放口大嚼的酣畅淋漓的快乐，也许可以稍许理解大师心理一二。后来，读宋代朱弁的《曲洧旧闻》，明白了，其实他志不在吃。"东坡尝与刘贡父言：'某与舍弟习制科时，日享三白，食之甚美，不复信世间有八珍也。'贡父问三白，答曰：'一撮盐，一碟生萝卜，一碗饭，乃三白也。'贡父大笑。"由此看来，他在吃喝的要求上，是可以自奉甚俭的。

同在这部宋人笔记中，我们还可看到他大肆渲染吃喝的豪情，那不言而喻的伏枥之志跃然纸上。"东坡与客论食次，取纸一幅，书以示客云：'烂蒸同州羊羔，灌以杏酪食之，以匕不以筯，南都麦心面，作槐芽温淘，糁襄邑抹猪，炊共城香粳，荐以蒸子鹅。'吴兴庵人斫松江脍，既饱，以庐山康王谷帘泉，烹曾坑斗品茶。少焉，解衣仰卧，使人诵东坡先生《赤壁前、后赋》,亦足以一笑也。东坡在儋耳,独有二赋而已。"如此追求极致的美食,落笔却在他的绝妙文章之上,吃喝的目的性是再明确不过的了。

善良的人可能穷困,可能坎坷,可能连一个虫豸也敢欺侮他,可他心里是坦荡的,觉也睡得踏实,因为他无可再失去的了,还有什么值得挂牵的呢?而与之相反,用卑劣的手段,用污秽的伎俩,用出卖灵魂的办法,或获得了金钱,或获得了权力的小人之流,他并不会因此而无忧无虑、称心如意的。为了保住他的钱、他的权,日思夜想,坐卧不安,提心吊胆,惶惶然不可终日。哪怕半夜从梦中醒来,也一身冷汗。所以说"君子坦荡荡,小人长戚戚"。快乐和痛苦,有时也只能相对而言。

在现实生活中,那些用尽心机捞到一切的胜者,其实,很累,很紧张,要不停地瞪大眼睛,窥视着四面八方,每个细胞、每根神经,都得打起百倍精神,或赔笑,或应付,或过招,或韬晦,像这种全天候的活法,是无法称之为潇洒的。更有甚者,那些殚思竭虑捞不到一切的败者,就拉倒罢!不,而是更痛苦,面如丧门之神,情似斗败之鸡,恨得牙痒,气得上火,见别人有,眼馋心痒,急不可耐,见自己无,怨天尤人,愤不欲生,同样也活得十分沉重,这样的得和失,岂不太累也哉?

虽然,他们的伙食标准比谁都不差,而且,几乎天天有饭局,忙者,从琳琅满目的早茶开始,直到夜半的酒吧小啜,可谓吃个不停。然而,他们这两类人,心有外骛,通常不会有太热烈的食欲。

这一点,真得向东坡先生学习。苏东坡被陷害,抓到开封坐牢,这就是有名的"乌台诗案"。宋神宗不大相信御史们诬陷他的罪实,曾派两个小黄门半夜三更到大狱里,观察他的动静。回宫后向神宗汇报,说苏东坡鼾声如雷,睡得十分香甜。于是这位皇帝得出结论,看来学士心底坦然,这才睡得如此踏实。所以,那班小人要定他一个死罪时,神宗没有画圈,而是从轻发落,把他贬往黄州,让他在那小县城里,施展了一番厨艺,给中国菜添了一道东坡肉。

从苏东坡身上,我们至少获得以下三点教益:作为一个作家,第一,得要有一份坦然从容的好心胸,狗肚鸡肠、首鼠两端、患得患失、狭隘偏执,是成不了器的;第二,得要有一份刚直自信的好精神,随人俯仰、随波逐流、墙头衰草、风中转蓬,是站不住脚的;第三,恐怕得有一份兼容并蓄的好胃口,不忌嘴、不禁食、不畏生冷、不怕尝试。这个道理若用之于营养,则身体健康;用之于文章,则尽善尽美;用之于交友,则集思广益;用之于人生,则丰富多彩。

他就这样一步步达到文学的高峰。朱弁的《曲洧旧闻》记载:"东坡之文,落笔辄为人所传诵,每一篇到,欧阳(修)公为终日喜,前辈类如此。一日,论文及坡公,叹曰:'汝记吾言,三十年后世上人更不道着我也。'崇宁大观间,(苏轼)海外诗盛行,后生不复言欧公者。是时,朝廷虽尝禁止,赏钱增至八百万,禁愈严而传愈多,往往以多相夸。士大夫不能诵苏诗,便自觉气索。"

如果他没有好心胸、好精神,特别是好胃口、好的消化能力,能达到这样的文学高度吗?

他写过一首《惠崇春江晚景》:"竹外桃花三两枝,春江水暖鸭先知。蒌蒿满地芦芽短,正是河豚欲上时。"就连这种剧毒的河豚,苏东坡也敢一试。宋代吴曾《能改斋漫录》载:"东坡在资善堂中,盛称河豚之美。李原明问其味如何? 答曰:

'值那一死!'"正是这种美食主义,广泛吸取人世精华,才使得他文章汪洋恣肆,得以千古流传。一个像林黛玉只能挟得一筷子螃蟹肉吃的作家,这怕那怕,我看未必能有写出大作品的气力。

1094年,他第二次被流放,到惠州,当时的岭南可不是今天的珠三角,但他和这种小人们的政治迫害,唱出"日啖荔枝三百颗,不辞常做岭南人"的反调,毫无屈服之意,还是从口腹享受上大做文章。1097年,苏东坡第三次流放,被送到当时被看做蛮荒之地的海南岛。起因又是因为他的诗,"白发萧散满霜风,小客藤床寄病容。报道先生春睡美,道人轻打五更钟。"这首诗传到京师,他的政敌章惇冷笑一声:"苏子尚尔快活耶?"下令谪海南昌化军安置。这就说明一个可怕的真理:你要得罪了小人,你就准备一辈子受折磨吧!

苏东坡在海南过着十分艰苦的日子,不过,苦中有乐,他发现儋州滨海,蚝也就是牡蛎极多。他给他的儿子苏过开玩笑地说,你可千万不要把这个消息传到北方去。到他们知道这里有如此美味,没准他们都要学我这样,要求犯错误,被发配到海南来,分享我这份佳品呢。从这番幽默的语言中,我们可以看出苏东坡的口福,从来是和他的反抗心理相关的,这也称得上是精神不败了。

鉴于东坡先生喜海鲜,也喜猪肉,于厨中小试,也曾将这两者合二而一,做出一道加烹鱼柳的东坡肉来,味道奇佳,屡试不爽,不失为一道佐酒送饭的大众菜,有兴趣者无妨一试。

菜名:鱼柳东坡肉

原料:

五花连皮猪肉 500 克

带骨鱼柳(即鱼干)200克

绍酒 150 克

冰糖 50 克

老抽、鲜抽各半,约 15 克

植物油两匙,姜稍许,醋数滴

其他什么佐料都不要

做法:

一,将猪肉切寸方块,焯水,除去血沫,起油锅,略炒。

二,鱼柳洗净,剪成麻将牌块,加进锅里与肉一起翻炒。

三,随即将上述物品放入一具耗电不超过 150 瓦的慢炖锅。加绍酒、老抽、姜与醋。

四,四个小时以后,即可食用。

这是一道最适合懒人做的菜肴,将电接驳,你就可以读书、看报、写作、玩电脑,连管都不必管的,"火候足时他自美",这是苏东坡的经验。然后,端上桌来,老酒二两,下筷品尝,准是肉有鱼香,鱼有肉味,既可补脑,又可解馋,真是价廉物美、老少咸宜的菜肴。虽然血脂过高者不宜多食,但近期据科学家研究,完全拒绝猪肉,未必是良策;毛泽东同志就经常要吃红烧肉,活到八十多岁,偶然吃一两回,想来无大碍。所以,动起手来,像苏东坡那样大快朵颐一番,说不定有助于文思呢!

永远的豆腐

◎初国卿

　　在西方,分离和凝固植物蛋白是近代才有的事,而我们中国人的祖先,却能早于西方一千多年就掌握了这项先进技术,这就是豆腐的发明。豆腐,看似极为简单,就是将大豆磨细,煮成浆,再加入少量盐卤,使豆浆的蛋白质凝结,然后压去过剩的水分,就成了。殊不知,这简单的技术在世界的科技史上却有着非凡的意义,其贡献不比"四大发明"差多少。

一

　　中国人的豆腐到底是何时发明的,这在科技史上是一个比较复杂的问题。先来看这样一个故事。

　　两千多年前,一个细雨蒙蒙的秋日,淮南王刘安率门客苏非、李尚、右吴、田由、雷被、毛被、伍被、晋昌等八公登上淮南西部的一座高山,在此论道炼丹。阴差阳错,到头来,丹未炼成,却制出了豆腐。从此,中国人有了最具大众化的美味。但故事并不能证明科学发明的时间,况且这个故事是宋人的创作,是宋代朱熹在咏素食诗的自注中谈到的:"世传豆腐本为淮南王术。"而在宋以前竟然没有任何关于豆腐的史料。洪光住先生在写作《中国食品科技史稿》时,曾查阅了一大批自汉至唐的典籍,均未找到有关豆腐的记载。在科学面前,刘安在八公山上发明豆腐一说,只能是个颇具传奇色彩的故事而已。

那么豆腐到底是在何时出现的?今天我们能见到的最早出现"豆腐"一词的文献是托名五代陶谷的《清异录》。书中说青阳丞戢"洁己勤民,肉味不给,日市豆腐数个,邑人呼豆腐为'小宰羊'"。这则记事在清代为陈元龙检出,载入《格致镜原》卷二四"豆腐"条中,后经日本学者筱田统引用,已广为人知。《清异录》一书虽托名五代陶谷,但实系北宋人所撰,此事经宋人陈振孙《直斋书录解题》提出怀疑,后经王国维、余嘉锡先生辨析,已得到证实,这也和豆腐在北宋开始风行正相吻合。那时,在苏轼等人的诗文中,都有豆腐的影子,南宋陆游《老学庵笔记》卷七中,曾记载北宋词人僧仲殊嗜蜜食,说他"所食皆蜜也,豆腐、面筋、牛乳之类皆渍蜜食之"。可见在北宋豆腐已成为一种普通的食品。而且人们还将豆腐与羊肉相比,称为"小宰羊",做一次豆腐等于杀一只羊,这比喻可谓既形象又科学。

1960年,河南密县发掘了打虎亭一号汉墓,此墓东耳室南壁的一幅石刻画像,内容曾被认为是制豆腐。此汉画像石一出,立即在科学界引起了轰动效应,中国豆腐在汉代即已发明,刘安八公山所为已有实物证明的说法不胫而走。然而此事过了36年,又为孙机先生以坚实的论据所否定。孙先生在辽宁教育出版社出版的《寻常的精致——文物与古代生活》一书中著文说:"从这块画像石的整个画面看,描绘的应是酿酒和为饮宴备酒的情况,与此墓画像中的饮宴图是有连带关系的。"对古代文物颇有研究的孙机先生认为:"此石的构图分上中下三栏。上栏在长几案上一排摆着六个大酒瓮,它们是贮酒之器,其中存放已酿好的酒……最下一栏表现出酿酒过程中的几个步骤，即投米、下曲、搅拌和榨压。"那么为什么与豆腐不相关的酿酒备酒图却让人解释成了制作豆腐图呢？孙先生对此说："恐怕是先入为主的看法在起作用。本是一个盆，却被摹成两扇磨，不能认为是实事求是的。增字解经，古人所忌；现代科学方法更加缜密，应当更重视史料的真实性和严肃性才是。"至此，所谓打虎亭一号汉墓制作豆腐的画像石的谜底终于揭开，中国人发明豆腐的年代重又回到北宋年间。

由此，我更喜欢另外一个关于发明豆腐的故事。一家子，三口人，小夫妻和老母亲。这老母亲只对儿子好，对媳妇却百般看不上，甚至连家中做的豆浆都不让她喝。一天婆婆出远门去了，婆婆前脚一走，媳妇后脚就开始磨豆子、煮豆浆，因为她太想喝豆浆了。谁料豆浆刚烧开，她正要满心喜悦地出锅时，院子里传来了脚步声。媳妇害怕是婆婆回来了，就赶忙端起一锅刚烧好的豆浆倒在了灶边的坛子里，出门一看才知是丈夫回来了，于是又喜滋滋地拉着丈夫进屋喝豆浆。岂料打开坛盖一看，豆浆竟成了雪白的膏状物。原来坛子以前腌过酸菜，里面还有些带盐的酸汤底，因此倒进去的豆浆凝固成了豆腐脑。小夫妻俩尝一尝，居然发现这凝固的豆浆味道很好，质嫩味美，于是为它取了一个名字——"逗夫"。

从此，豆腐诞生了。我们是否可以认定这个故事发生在北宋初年呢？

二

其实，豆腐是汉代发明还是宋代发明的并不重要，重要的是中国人发明了豆腐，而且豆腐又是最好吃最大众化的美味。

说到大众化，在中国的饮食上，恐怕没有哪种食品能超过豆腐的。东南西北、城市乡村，大都少不了豆腐加工厂、豆腐铺、豆腐摊，即使是人迹罕至的深山峻岭中稀落的几户人家，也会有一盘石磨，家家户户一年也断不了要做上几回豆腐。它既是大众的配粥小菜，又是豪华筵席中的上品。同为豆花，可掏上块八角钱蹲在街头大排档连吃几碗，然而城市里的天府豆花庄又足令你却步。它既与平民百姓密不可分，又与宫廷皇帝结下过不解之缘；既是南北各种风味名吃里的不可或缺之物，又是文人墨客笔下经常赞美的食品。

　　据说明朝开国皇帝朱元璋的父亲卖过豆腐。朱元璋少时给人打短工，一位姓黄的厨师常给他尝瓤豆腐，故开国登基后，大宴群臣时他总要设一道瓤豆腐。清宫御膳中有一著名的八宝豆腐，做法是将嫩豆腐细切，加香蕈、蘑菇、松仁、瓜仁、鸡肉、火腿诸细屑，同入浓鸡汁中烹制而成。康熙曾将此菜单赐给徐建庵尚书，才子袁枚设法觅得并写入《随园食单》中。后来康熙又将此菜单赐给江西巡抚宋荦，还宣旨让对方"后半世受用"，这道八宝豆腐遂成为中国烹饪史上的美谈。

　　袁枚是清代乾隆年间的进士，才华出众，名冠江南，与纪晓岚齐名，曾有"南袁北纪"之称。袁枚好吃，也懂得吃，是一位烹饪专家，曾著有《随园食单》一书，是我国饮馔食事中的一部重要著作。他详细记述了自我国18世纪中叶上溯到14世纪的326种菜肴饭点，大至山珍海味，小至一粥一饭，无所不包，为我国的饮食史保存了不少宝贵的史料。袁枚喜欢和提倡吃豆腐，他说豆腐可以有各种吃法，什么美味都可以入到豆腐里，并有为豆腐三折腰的雅谈。一日，袁枚在朋友蒋戟门家品尝蒋亲手制的豆腐菜,有一道是用豆腐和芙蓉花烹煮在一起的。豆腐清白如雪,花色艳似云霞,吃起来,清嫩鲜美,叹为观止。袁枚急请教做法。主人秘不肯传,笑道:"古人不为五斗米折腰,你肯为豆腐三折腰,我就告诉你。"袁即席折躬,躬毕大笑,说:"我今为豆腐折腰矣!"主人告诉他这个菜叫"雪霞羹",以豆腐似雪、芙蓉如霞而得名,并告诉他如何烹调。袁枚归家后如法炮制。当时人还作诗称此事说:"谁知解组陶元亮,为此曾经一折腰。"袁枚的《随园食单·杂素菜单》中收有九款豆腐的制作方法。诸如"蒋侍郎豆腐"、"杨中丞豆腐"、"张恺豆腐"、"庆元豆腐"、"王太守八宝豆腐"等。其中"杨中丞豆腐"的制作方法是"用嫩豆腐煮去豆气,入鸡汤,同鳆鱼片滚数刻,加糟油、香蕈起锅。鸡汁须浓,鱼片要薄。"此一做法,没吃到都让人馋了几分。

中国人的饮食传统,以五谷为主,以素食为主,这大概也是普及豆腐的一个重要因素。长长的岁月,不管丰年欠年,中国人总要吃豆腐,并且围绕着豆腐固定了一种文化现象。如在语言中,说什么事一清二白谓之"小葱拌豆腐";形容人做事提不起来是"马尾穿豆腐";描写人熊货差是"武大郎卖豆腐";说人生来就窝囊是"土包攘豆腐"。鲁迅在小说《故乡》中寥寥几笔描画的"豆腐西施",形象更是家喻户晓。1990年9月间,有关部门在北京召开纪念会,决定每年的9月15日为"豆腐节",不管这是否有道理,但可见豆腐在人们生活中的位置。

三

　　细想来,豆腐不仅大众和普及,还有几分神奇,这或许真与刘安炼丹的传奇故事有关。比如一定数量的大豆在榨出豆浆后,剩下豆渣的重量并不比原来的大豆轻,所以古人怀疑豆腐是豆子的魂魄所成,称其为"鬼食"。据清人梁章钜《归田琐记》卷七"豆腐"条载:"相传朱子不食豆腐,以谓初造豆腐时,用豆若干,水若干,杂料若干,合秤之,共重若干。及造成,往往溢于原秤之数,格其理而不得,故不食。"说宋代的朱熹计算好做豆腐时的豆子多少,用水多少,杂料分量……可豆腐制成后,总比原材料的总重量重许多,而那许多的豆渣并未计算在内。最终朱熹也琢磨不出一个所以然来,只好拒绝吃豆腐。朱熹是大理学家,讲究"格物致知",区区豆腐,自然也要格它一格。

　　但无论如何,豆腐本身却实实在在,它千百年来不改本色,总是那样白如玉、细如乳、嫩如膏、滑如脂、肥如髓,素而不寡,香而不腻。百姓吃起来谁也不会计较它的"鬼性",更不会将它归入神话一类。整个豆腐家族(豆腐、豆浆、豆腐脑、豆腐干、千张、豆筋、腐乳、腐皮、腐竹等)虽然平平淡淡,也令人久食不厌。很难想象,如果没有豆腐的制作,大豆是否还会有今天这样广泛的内容和突出的价值。记得小时候老人常在饭桌上提醒:"多吃豆腐,长大了聪明。"只要是饭桌上有豆腐,就总能听到这句话,以至于考上了大学,最先想到的就是吃了多少豆腐;进而怀疑那些没考上大学的儿时伙伴,是不是自小就没吃或少吃豆腐。后来从书上得知,老人提醒的真有科学性,常吃豆制品的人确实在思考、记忆方面表现更为出色。这主要是因为大豆制品——特别是豆腐中,含有丰富的植物性雌激素——异黄酮素。它对促进记忆力、预防失智症非常有帮助。想让脑子灵光起来,反应快起来,多吃豆腐最见效果。

除了一代一代相传的"多吃豆腐,长大了聪明"的理念外,科学证明豆腐还有降胆固醇、抗癌、增强免疫力、预防耳聋和中风等功效。从鲁迅起,人们曾称卖豆腐的美丽女子为"豆腐西施",细想来,这恐怕也不单单是戏称,因为多吃豆腐女孩皮肤细白娇嫩这已是不争的事实,"豆浆常白越女腮",吃豆腐,已成为女士美容的一个重要内容。因为科学检测,在豆腐里有一种能够抑制皮肤黑色素合成的亚油酸,多吃豆腐,多喝豆浆,皮肤自然能变白。

豆腐养人,养人的豆腐也真正地养育着各式各样的做豆腐卖豆腐的人:豆腐做稀了,卖豆腐花;做干了,卖豆腐干;做坏了,卖豆腐渣;放久了,卖臭豆腐。看来做豆腐生意真是只赚不赔,难怪当年的朱熹都研究不透它,说它为"鬼食"了。

放久了的豆腐成为名吃的要数"徽州毛豆腐"。据说明朝开国皇帝朱元璋早年贫困潦倒,以乞讨为生。有一次他行乞到徽州,讨得一碗豆腐,舍不得一次吃掉,只吃一点点就收了起来。谁知过了数日朱元璋想吃碗里的豆腐,一看豆腐竟长了长长的茸毛,他不忍扔掉,就讨来一点香油,煎了再吃。哪想长了毛的豆腐经油煎过竟是特别好吃,是一道从未尝过的美味。后来朱元璋做了皇帝,仍念念不忘毛豆腐,常叫宫中厨师做了给他吃。从此,"徽州毛豆腐"就成了一道名菜。

而放臭了的豆腐成为名吃的则最属"王致和臭豆腐"。相传清代康熙年间有一位叫王致和的举子,多次科举落第,自认只有卖豆腐的命,于是接过父辈的豆腐坊,做起了豆腐生意。有一日天气闷热,豆腐滞销,他顺手将多余的豆腐铺在稻草上,撒上盐水,打算日后自家食用。当多日后再记起此事时,那豆腐已是色暗毛长。王致和自认晦气,打算倒掉,却又不经意地掰下一点用舌头舔尝,这一尝不要紧,居然尝出一种难以言喻的咸香味,于是臭豆腐诞生了。康熙十七年(1678),王致和在北京延寿寺街西路建作坊立招牌"王致和南酱园",雇师招徒,专门做起了臭豆腐买卖。到了清末,王致和的臭豆腐已成为慈禧太后的御膳珍品。那时,御膳房每天要为慈禧准备一碟用炸好的花椒油烧过的臭豆腐,而且必须是当天新从"王致和南酱园"买来的。臭豆腐一经"御用",身价立即倍增,以至于王致和门前的匾都是彩绘龙头,以示大内御用。两块"王致和南酱园"的六字匾额,也分别由状元孙家鼐、鲁琪光书写。孙家鼐还为其写了两副门对:"致君美味传千里,和我天机养寸心";"酱配龙蹯调芍药,园开鸡趾钟芙蓉",两副门联的头一个字嵌的就是"致和酱园"。

四

如果有谁能做个统计,在全国各地的风味小吃中,哪一类品种最多,恐怕豆腐类自然要独占鳌头。四川的麻婆豆腐风闻全国,可就在四川,麻婆豆腐之外还有四十多种颇为可口的豆腐风味小吃,还有剑门的豆腐小吃一条街。其他地方,虽然没有"麻婆豆腐"那样的豆腐品牌,但每一地也都有自己的风味豆腐。安徽黟县有"腊八豆腐",又称"素火腿",吃起来香而清爽。贵阳有"雷家豆腐圆子",是清同治年间发明的名小吃,当地儿歌唱道:"一颗豆子圆又圆,推成豆腐卖成钱。人人说我生意小,小小生意赚大钱。"贵阳还有一种"恋爱豆腐果",是抗战时期的发明,深得恋爱青年的喜欢而得名。桐城的水豆腐很有名,当地人又称为"娇豆腐",还有一首《桐城好》词,专写这"娇豆腐":"桐城好,豆腐十分娇。把足酱油姜汁拌,煎些虾米火锅熬,人喝两三瓢。"再如杭州的"东坡豆腐"、宁波的"三虾豆腐"、兰溪的"五香豆腐"、无锡的"镜箱豆腐"、南昌的"貂蝉豆腐"、南京的"八宝豆腐"、扬州的"文思豆腐"、北京的"一品豆腐"、乐山的"西坝豆腐"、遵义的"豆花面"、青岛的"培根海苔豆腐卷"、大连的"雪花蟹肉豆腐羹"。其风味各异,品类齐全。鲜软的有"锅塌豆腐",细腻的有"朱砂豆腐",酥嫩的有"虾脑豆腐",还有樱桃豆腐、蜂窝豆腐、芙蓉豆腐、珍珠豆腐、金针豆腐、鸡茸豆腐、熊掌豆腐、四喜豆腐、三鲜豆腐、枇杷豆腐、蟹肉豆腐、家常豆腐、鸡刨豆腐……吃不胜吃。不仅如此,豆腐已走出华夏古国,步入世界大家庭中,美国、法国、日本也掀起了豆腐热。在美国,豆腐比猪肉价格贵许多,称为来自中国的"植物肉"。

数遍天下豆腐,当以乡村的卤水豆腐为正宗,特别是我老家辽西的卤水豆腐,那是一种真正的有味道的豆腐。

先是制作豆腐,就是一首古老的诗。一盘老石磨,绑着一根极度弯曲的有如文物的老榆木磨棍,带着厚厚捂眼的毛驴,以永远不变的步伐,沿着那道深深的圆痕,四只蹄印一页一页重合着,"踢嗒、踢嗒",老磨房总是那一个节奏,从远古洪荒到现代文明,不知尘封了多少"豆腐西施"的憧憬与童话。转动的磨盘上,堆着一小堆经过浸泡的豆瓣,堆上插着两根细细的高粱秆,豆瓣沿着高粱秆进入磨眼,被磨成豆糊。然后,经过加水成浆挤出豆渣，剩下细乳一般的豆浆，烧沸后放入缸中，点上卤水，就成了豆腐脑。俗话说"一物降一物，卤水点豆腐"，这卤水点豆腐的手艺颇为讲究，卤水少了，豆腐太嫩；多了，豆腐太老，不多不少才适中，那是凭经验掌握的。乡里做豆腐，一家一户，那位调卤水、点豆腐的人是很神气的。点过卤水的豆腐脑再经过挤压脱去水分，割出方块，豆腐即成。豆浆——豆腐脑——豆腐，可看成是制作豆腐的三部曲，这中间的哪一曲，品来都是醇香可口，真料真味，和城里人吃的豆腐，感觉上截然不同。

再说吃豆腐，那更是一生都忘不了的，尤其是在城里来的朋友们。瓦屋小院中，葡萄架下或是细柳荫里，置一方地桌，三两知己围桌而坐，在满院飘洒着豆浆的香气中，端起"高粱白"，就着鲜美的豆腐，那才叫真正的"吃"。记得有一次在萧军先生的故乡锦县参加一个散文笔会，林场餐厅特意为这些参加会议的城里人做了一次豆腐餐。主食是干豆腐卷大葱，副食是炸酱水豆腐。大概是连顿的鱼虾螃蟹使作家们吃腻了，这顿饭一改往日的斯文，餐桌上没有了文人惯有的高谈阔论，人人埋头苦吃。尤其是那些女才子，平时小嘴紧抿，筷子伸出，豆芽也只夹一小根，此时却撩开了娇羞的面纱，大嚼大咽起来，比男士更卖力气，吃得格外投入。到头来，每桌足足吃了一大桶水豆腐，令餐厅服务员惊叹不已。过后，作家们将几天来吃的螃蟹、对虾全忘了，唯独那顿水豆腐，铭心刻骨，口中三日不断豆腐味，可以想见吃时的壮观。我想，当年乾隆皇帝下江南，吃那"翡翠白玉汤，红嘴绿鹦哥"时，也定会如此狼吞虎咽。大凡为人，不管是作家、工人，还是皇帝、平民，在吃这件事上都不能免俗。

食

老家辽西最出名的豆腐在虹螺岘。从锦州驱车半个多小时，就可以到达"豆腐之乡"虹螺岘，这是一个不大不小的镇子，镇上人家大都做豆腐和卖豆腐。走近这镇子就有一股豆花特有的浓郁香味飘来，叫人口舌生津。这里的水豆腐香嫩无比，一只去皮柳条编织的浅篮，盛着冒尖的水豆腐，白嫩嫩；香菇、黄花菜、黑木耳、肉沫做就的酱配料，再加香菜末、辣椒油，香喷喷。一闻一看间，就有忍不住的食欲，趁热吃起来，那是任何减肥理念也挡不住的好胃口。还有这里的干豆腐，在全国也最为知名，纯东北大豆制成，细如玉、薄如纸、抻如筋。它薄得可以罩在报纸上读新闻，豆腐房里拿出来就可以撕着吃，越嚼越香，如同吃点心。虹螺岘的干豆腐因为好吃而知名，每天都是前夜装车，第二天早晨天不亮就运进北京王府井的新东安市场。吃惯了这口儿的北京老大妈早早地来王府井排队，等着买虹螺岘的干豆腐，晚了就卖没了。虹螺岘有一座虹螺山，山上多是云雾缭绕，山下镇里做豆腐的女子也个个漂亮，靓在皮肤上，光洁、清泠，有豆腐的娇嫩和质感，看着她们的脸，就叫人很想多吃几碗水豆腐，多买几斤干豆腐。

五

生在世上，豆腐是人人要吃的，中国人已吃了一千多年，依我之见，吃豆腐不仅仅是"食"，也是一种艺术；不仅仅是口中味，也是一种心中味。比如豆腐的名称，一千多年来就有多种称呼，如陆游在《邻曲》诗中称过"黎祁"，并自注云："黎祁，蜀人以名豆腐。"又由于"腐"字本有"腐烂、腐朽或腐败"的意思，所以古人就挖空心思地将"腐"字避免，起了诸如"来其"、

"甘旨"、"无骨肉"、"菽乳"(古人称大豆为菽)等许多别名。评价一下古人给豆腐起的这些名字,我觉得"菽乳"过雅,"小宰羊"还算形象,最能表形达意简洁明快的还是"豆腐",最为平淡,最有味道,是经过水火相融绚烂之后练就出的平淡和味道。

清初文学家尤侗写有《豆腐戒》,曾借豆腐清廉安贫的性格来鼓励儒者立戒修身。他在弁言中说,见于佛家戒律甚多,所以想为儒士"立大戒三,小戒五,总名为豆腐戒"。所谓大戒三、小戒五是指味戒、声戒、色戒、赌戒、酒戒、足戒、口戒、笔戒。为什么要以"豆腐戒"为总名?因为"非吃豆腐人不能持此戒也",意为只有能过豆腐菜根日子的清心寡欲者才能守得住这八戒,足见豆腐在人生中的文化意义。

因此,多少年来,平淡的豆腐始终成为人们生活中必不可少的食品,大概正是这种平淡性,才成就了它与人们的亲密性。这一点,让我想起了莎士比亚笔下劳伦斯修道士说的一句话:"最甜的蜜固然本身是味美的,可是不免有一点腻,吃起来要倒胃口。"这话有人生哲理的深刻,吃豆腐是否也含有人生哲理的味道呢?蜜而无味,生活中常常是这种情形,平平淡淡从从容容才是真。古人说咬得菜根者能成大事,吃豆腐的人大概也是一种咬菜根样的境界:平实而不卑微,淡朴而不寡味,细致而不琐碎,传统而不固化,在世俗中蕴涵一种空灵与清妙,安于平淡,不流于红尘时俗,透出的是中国传统文人雅士的气质与情怀。豆腐的味道,豆腐的真谛,豆腐的魅力大概就在这里。

豆腐的魅力还有另一种味道——微苦的意境。说到豆腐的微苦,我辽西老家的豆腐脑最有代表性。大约是大锅烧出

食

来的豆浆，卤水点出来的缘故吧，所以小时候很不爱吃它，只等吃用豆油或是猪肉炖好的豆腐。长大了，反倒喜欢老家豆腐脑的苦味了，因此每年回老家都要特地吃上两顿石磨磨出来的，大锅烧出来的，卤水点出来的豆腐脑，诚如明人苏雪溪赋豆腐诗所说"个中滋味谁知得，多在僧家与道家"。也许这其中也掺入了人生哲理的体味吧。佛家认为"人间苦"，"众生扰扰，其苦无量"，豆腐的苦味，与人间的苦味，或许有相通之处吧。另外，甘甜让人慵懒，清苦往往使人振奋，这些只有长大了才会悟得出来。

吃豆腐，我还会时常想到中国文化的另一说，即有人说中国文化是以水为脉的，这倒有些道理。豆腐的绵软、柔嫩、回味，正如中国文化的温柔敦厚、蕴藉含蓄。有一年在南京一家素菜馆要过一回"华严一品"，叫来一看，打心里微笑，你猜是什么？这名称高雅不凡的一道菜原来是青菜豆腐汤。做得倒是很精到，清淡可口，韵味悠长。"华严"即佛教中的《华严经》，是佛经中富丽堂皇的一部，它的清品竟是最平凡的青菜豆腐汤。小伙计告诉我，来吃这道菜的人很多，且都赞不绝口。由此我得出一个结论：世间最平凡的事物往往最有富丽堂皇的境界——豆腐即是代表。

火晶柿子

◎陈忠实

　　我喜欢柿树。柿子好吃,这是最主要的因由。柿树不招虫害,任何害虫病菌者难以近身,大约是柿树特有的那种涩味构成了内在的天然抗拒,于是便省去了防虫治病的麻烦,也不担心农药残留的后患。柿树又很坚韧,几乎与榆槐等柴树无异,既不要求肥力和水分,也不需要任何稍微特殊的呵护。庭院里可以栽植,水肥优良的平川地里可以茁壮成长,土瘠水缺的干旱的山坡上硷畔上同样蓬蓬勃勃,甚至一般柴树也畏怯的红石坡梁上,柿树仍可长到合抱粗。按照习惯或者说传统,几乎没有给柿树施肥浇水的说法。然而果实柿子却不失其甘美。

　　在柿树家族里,种类颇多。最大个儿的叫虎柿,大到可称出半斤。虎柿必须用慢火温水浸泡,拔去涩味儿,才香甜可口。然慢火的火功和温水的温度要随机变换,极难把握,稍有不当就会温出一锅僵涩的死柿子,甭说上市卖钱,白送人也送不出去。再说这种虎柿还有一个致命的弱点,不能存放,温熟之后即卖即食,隔三天两日尚可,再长就坏了,属于典型的时令性水果。还有一种民间称为义生的柿子,个头也比较大,果实变红时摘下,搁置月余即软化熟透,味道十分香甜。麻烦的是软化后便需尽快出手,或卖钱或送亲友或自家享受,稍长时间便皮儿崩裂柿汁流出,不可收拾,长途运送都是比较难以解决的问题。再有一种名曰火罐的柿子,果实较小,一般不超过半两,尽管味道与火晶柿子无甚差异,却多核儿,成为重大的弹嫌之弊,所以不被钟爱,几乎遭到淘汰而绝种,反正我已多年不见此物了。只有火晶柿子,在柿树家族中逐渐显出优长来,已经成为独秀柿族的王牌品种了。

火晶。真是一个热烈而又令人富于想象的名字。火是这种柿子的色彩,单一的红,红的程度真可以用"文革"中用滥了的词儿"红彤彤"来形容来喻示。我在骊山南麓的岭坡上见到过那种堪称红彤彤的景观,一棵一棵大到合抱粗的柿树,叶子已经落光掉净了,枝枝丫丫上挂满繁密的柿子,红溜溜或红彤彤的,蔚为壮观,像一片自然的火树。火晶的名字中的火字大约由此而自然产生,晶也就无需阐释或猜想了。把火的色彩与晶字联结起来,便成为民间命名的高雅一种,恐怕只有民间的智者才会创造出这样一个雅俗共赏的柿子的名字来。

火晶柿子比虎柿比义生柿子小,比火罐柿子大,个重两余,无核。在树上长到通体变成橙黄时摘折下来,存放月余便软化熟透,尤其耐得存放,保管得法的农户甚至可以保存到春节以后,仍不失其新鲜甘美的原味。食时一手捏把儿,一手轻轻捏破薄皮儿,一撕一揭,那薄皮儿便利索地完整地去掉了,现出鲜红鲜红的肉汁,软如蛋黄,却不流,吞到口里,无丝无核儿,有一缕蜂蜜的香味儿。乡间小贩摆卖火晶柿子的摊位上,常见蜜蜂嗡嗡盘绕不去,可见其诱惑。

关中盛产柿子,尤以骊山为代表的临潼的火晶柿子最负盛名。一种名果的品质,决定于水土,这是无法改变的常识。我家居骊山之南,白鹿原原坡之北,中间流着一条倒淌河灞水，形成一条狭窄的川道，俗称灞川，逆水而上经蓝田的五十里进入王维的辋州。由我祖居的老屋涉过灞水走过平川登上骊山南麓的坡道，大约也就半个小时。水土和气候无大差异，火晶柿子的品质也难分上下，然而形成气候形成品牌的仍然是临潼。

大约是"文革"后期，诺罗敦·西哈努克亲王携妻引子到西安，参观兵马俑往来的路上，王子发现路边有农民摆的火晶柿子小摊，问及此果，陪随人员告之。回到西安下榻处，有心的接待人员已经摆放好一盘经过精心挑选的火晶柿子，并说明吃法。王子生长在热带，未见过亦未吃过北方柿子并不足怪，恰是这种中国关中的火晶柿子令其赞赏不绝，直到把一盘火晶柿子吃完，仍然还要，不顾斯文且不说了，连陪随人员的劝告（食多伤胃）也任性不顾。果然，塞了满肚子火晶柿子的王子，到晚上闹起肚子来，引起各方紧张，直接报告北京有关领导，弄出一场虚惊。王子虽然经历了一个难受的夜晚，离开西安时仍不忘要带走一篮火晶柿子。

这个真实的传闻流传颇广。在关中普通到不能再普通的柿子，竟然上了招待外宾的果盘，而且是高贵的王子，确实令当地人始料不及。想来也不足奇，向来都是物以稀为贵的。二十世纪八十年代中期，我到与临潼连界的蓝田县查阅县志时发现，清末某年，关中奇冷，柿树竟然死绝了。我得到一个基本常识，柿树原来耐不得严寒的。但那年究竟"奇冷"到怎样的程度，却是无法判断的，那时怕是连一根温度计也没有。到二十世纪九十年代头上，我在原下的租屋写作《白鹿原》的时候，这年冬天冻死了一批柿树，我至今记得这年冬天的最低温度为零下十四度，持续了大约半月左右，这是几十年来西安最冷的一个冬天。村子里许多农户刚刚挂果的葡萄统统冻死了,好多柿树到春末夏初还不发芽,人们才惊呼柿树被冻死了。我也便明白,清末冻死柿树的那年冬天"奇冷"的程度,不过是零下十几度而已。

编志人在叙述"奇冷"造成的灾害时,加了一句颇带怜悯情调的话,曰:柿可当食。我便推想,平素当做水果的柿子,到了饥馑的年月里,就成为养生活命的吃食了。确凿把柿子顶做粮食的事,发生在二十世纪六十年代初的"三年困难"时期及十年"文革"之中,临潼山上的山民从生产队分回柿子,五斤顶算一斤粮食。想想吧,作为消遣的柿子是一种调节和品尝,而作为一日三餐的主食,未免就有点残酷。然而,我又胡乱联想起来,被当地山民作为粮食充饥的柿子,在西哈努克的王子那里却成为珍果,可见人的舌头原本是没有什么天生的贵贱的。想到近年某些弄出一点名堂的人,硬要做派出贵族状,硬要做派出龙种和凤胎的不凡气象,我便担心这其中说不准会潜伏着类似火晶柿子的滑稽。

我在祖居的屋院里盖起了一幢新房,这是八十年代中期的事,当时真有点"李顺大造屋"的感受。又修起了围墙,立了小门楼,街门和新房之间便有了一个小小的庭院。我便想到栽一株柿树,一株可以收获火晶柿子的柿树。

我的左邻右舍乃至村子里的家家户户,都有一棵两棵火晶柿树,或院里或院外;每年十月初,由绿色转为橙黄的柿子便从墨绿的树叶中脱颖而出,十分耀眼,不说吃吧,单是在屋院里外撑起的这一方风景就够惹眼了。我找到内侄儿,让他给我移栽一棵火晶柿子树。内侄儿慷慨应允,他承包着半条沟的柿园。这样,一株棒槌粗的柿树便栽植于小院东边的前墙根下,这是秋末冬初最好的植树时月里做成的事。

这株柿树栽下以后,整个前院便生动起来。走出屋门,一眼便瞅见高出院墙沐着冬日阳光的树干和树枝,我的心里便有了动感。新芽冒出来,树叶日渐长大了,金黄色的柿花开放了,从小草帽一样的花萼里托出一枚枚小青果,直到缀满枝丫的红灯笼一样的火晶柿子在墙头上显耀……期待和祈祷的心境伴我进入漫长的冬天。

二十世纪五十年代初我读小学时,后屋和厦房之间窄窄的过道里,有一株火晶柿树,若小碗口粗,每年都有一树红亮亮的柿子撑在厦房房瓦上空。我于大人不在家时,便用竹竿偷偷打下两三个来,已经变成橙黄的柿子仍然涩涩的,涩味里却有不易舍弃的甜香。母亲总是会发现我的行为,总是一次又一次斥责,你就等不到摘下搁软了熟了吗? 直到某一年,我放学回家,突然发现院里的光线有点异样,抬头一看,罩在过道上空的柿树的伞盖没有了,院子里一下子豁亮了。柿树被齐根锯断了。断茬上敷着一层细土。从断茬处渗出的树汁浸湿了那一层细土,像树的泪,也似树的血。我气呼呼问母亲。母亲也阴郁着脸,告诉我,是一位神汉告诫的。那几年我家灾祸连连,我的一个小妹夭折了,一个小弟也在长到四五岁时夭亡了,又死了一头牛。父亲便请来一位神汉,从前院到后院观察审视一番,最终瞅住过道里的柿树说:把这树去掉。父亲读过许多演义类小说,于这类事比较敏感,不用神汉阐释,便悟出其中玄机,"柿"即"事"。父亲便以一种泰然的口吻对我说,柿树栽在家院里,容易生"事"惹"事"。去掉柿树,也就不会出"事"了。我的心里便怯怯的了,看那锯断的柿树茬子,竟感到了一股鬼气妖氛的恐惧。

没有什么人现在还相信神汉巫师装神弄鬼的事了,起码在"柿"与"事"的咒符是如此。因为我的村子里几乎家家户户的院里门外都有一株或几株柿树。人在灾变连连打击下便联想到神的惩罚和鬼的作祟,这种心理趋势由来已久,也并非只是科学滞后的中国乡村人独有,许多民族包括科学已很发达的民族也颇类同,神与鬼是人性软弱的不可避免的存在。我在前院栽下这棵柿树,早已驱除了"柿"与"事"的文字游戏式的咒语,而要欣赏红柿出墙的景致了。漫长的冬天过去了。春风日渐一日温暖起来。我栽的柿树迟迟不肯发芽。

直到春末夏初,枝梢上终于努出绿芽来,我兴奋不已,证明它活着。只要活着就是成功,就有希望。大约两月之后,进入伏天,我终于发觉不妙,那仅仅长到三四寸长的幼芽开始萎缩。无论我怎样浇水,疏松土壤,还是无可挽回地枯死了。

这是很少有的现象,我喜欢栽树,不敢说百分之百成活,这样的情况确实极少发生。这株火晶柿子树是我尤为用心栽植的一棵树,它却死了。我久久找不出死亡的原因,树根并无大伤害,树的阴阳面也按原来的方向定位,水也及时适度浇过,怎么竟死了呢?问过内侄儿,他淡淡地说,柿树是很难移栽的,成活率极低。我原是知道这个常识的,却自信土命的我会栽活它。我犯了急功近利轻易求取成功的毛病,急于看到一棵成景的柿树。于是便只好回归到最实之点,先栽软枣苗子,然后嫁接火晶柿子。

一种被当地人称做软枣的苗子,是各种柿树嫁接的唯一的钻木。软枣生长十分泼势,随便甚至可以说马马虎虎栽下就活。我便在小院的西北角栽下一株软枣,一年便长到齐墙的高度。第二年夏初,请来一位嫁接果树的巧手用俗称热粘皮的芽接法一次成功,当年冒出的正儿八经的火晶柿子的新枝,同样蹿起一人高。叶子大得超过我的巴掌,新出的绿色的杆儿竟有食指粗,那蓬勃的劲头真正让我时时感知初生生命的活力。为了防止暴风折断它的尚为绿色的嫩杆,我为它立了一根木杆,绑扶在一起,一旦这嫩杆变成褐黑色,显示它已完全木质化了,就尽可放心了。我于兴奋鼓舞里独自兴叹,看来栽成树走捷径还是不行的。这个火晶柿子树的起根发苗的全过程完成了,我也就留下了一棵树的生命的完整印象,至今难以忘怀。

这株火晶柿树后来就没有故事了。没有虫害病菌侵害,在院里也避免了牛马猪羊的骚扰,对水呀肥呀也不讲究,忽忽喇喇就长起来了,分枝分权了,长过墙头了,形成一株青春活力的柿树了。这年冬天到来时,我离开久居的祖屋老院,迁进城里去,一年难得回来几次。有一年回来正遇着它开花,四方卷沿的米黄色小花令人心动,我忍不住摘下两朵在嘴里嚼着咽下,一股带涩的甜味儿,竟然回味起背着父母用竹竿偷打下来的生柿子的感觉。

今年春节一过,我终于下定决心回归老家,争取获得一个安静吃草安静回嚼的环境。我的屋檐上时有一对追逐着求偶的咕咕咕叫着的斑鸠。小院里的树枝和花丛中常常栖息着一群或一对色彩各异的鸟儿。隔墙能听到乡友们议论天气和庄稼施肥浇水的农声。也有小牛或羊羔窜进我忘了关闭的大门。看着一个个忙着农事忙着赶集售物的男人女人毫不注意修饰的衣着,我常常想起那些高级宾馆车水马龙衣冠楚楚口红眼影的景象。这是乡村。那是城市。大家都忙着。大家都在争取自己的明天。

我的柿树已经碗口粗了。我今年才看到了它出芽、开花、坐果到成熟的完整的生命过程。十月初，柿子日渐一日变得黄亮了，从浓密的柿树叶子里显现出来，在我的墙头上方，造成一幅美丽的风景。我此时去了一趟滇西，回来时，妻子已经让人摘卸了柿子。

　　装在纸箱里的火晶柿子开始软化。眼看得由橙黄日渐一日转变为红亮。有朋自城里来，我便用竹篮盛上，忍不住说明：这是自家树上的产物。多路客人无论长幼无论男女无不惊叹这火晶柿子的醇香，更兼着一种自家种植收获的乡韵。看着客人吃得快活，我就想起一件有关火晶柿子的轶趣。某年到一个笔会，与一位作家朋友聊天，他说某年到陕西参观兵马俑的路上，品尝了火晶柿子，尤感甘美，临走时又特意买了一小篮，带回去给尚未尝过此物的南方籍的夫人。这种软化熟透的火晶柿子，稍碰即破，当地农民用剥去了粗皮的柳条编织的小篮儿装着，一层一层倒是避免了挤压。他一路汽车火车，此物不能装箱，就那么拎着进了家门，便满怀爱心献给了亲爱的夫人。揭开柳条小篮，取出上边一层红亮亮的柿子，情况顿觉不妙，下边两层却变成了石头。可以想象他的懊丧和生气之状了。事过多年和我相遇聊起此事，仍然火气难抑，末了竟冲我说，人说你们陕西人老实，怎么这样恶劣作假？几个柿子倒不值多少钱，关键是让我几千里路拎着它，却拎回去一篮子石头，你说气人不气人？这在谁也会是懊丧气恼的，然而我却调侃道，假导弹假飞船没准儿都弄出来了，陕西农民给柿篮子里塞几块石头，在中国蓬蓬勃勃的造假行业里，只能算是启蒙生或初级水平，你应该为我的乡党的开化而庆祝。朋友也就笑了。我随之自我调侃，你知道我们陕西人总结经济发展滞后的原因是什么吗？不急不躁，不跑不跳，不吵不闹，不叫不到，不给不要，所谓关中人的"十不"特性。所以说，一个兵马俑式的农民用当地称作料僵石(此石特轻)的石头冒充火晶柿子，把诸如我所钦敬的大城市里的名作家哄了骗了涮了一回，多掏了他几枚铜子，真应该庆祝他们脑瓜里开始安上了一根转轴儿，灵动起来了。

玩笑说过也就风吹雨打散了。我却总想着那些往柳条编的小篮里塞进冒充火晶柿子的石头的农民乡党，会是怎样一种小小的得意……

食

姑嫂饼别饶风味（外一篇）

◎郑逸梅

　　年来，人们的生活随着经济的好转逐渐提高，即以饮食而言，什么名肴佳点，纷纷应市，为之大快朵颐，因此，使我想到别饶风味的姑嫂饼来。

　　我友丁传淞，邀我到他四娱斋去清谈，到了那儿，座上还有几位很风雅的朋友，一见如故，不拘形迹。这四娱斋匾额，出于吴霜厓手笔，我问他四娱指什么说的？他说："我没有什么嗜好，所自娱的，一是书画，二是碑帖，三是花木，四是笼鸟，无聊郁闷时，便婆娑在这四物之间，不觉忘怀一切，宠辱都蠲。"我环视他的室中，果然架上有一鹦鹉，曲啄刷羽，状态入画，盆盎中所栽的六月雪和仙人掌，很秀挺地茁长着，其他卷轴累累都是，更有数十种的兰亭帖，也是很名贵的。此外，尚有清乾隆窑的大瓷缸，蓄着一个绿毛龟，毛茸茸更形硕大。我就对主人说："这龟不是也很够味的吗！那么你的四娱不妨改为五娱了。"他说："龟虽昔贤不讳，然世俗总觉得有些不雅致，所以就把它摒去了。"

　　在这当儿，忽地他的夫人，捧出两盘点心来敬客，一盘是寻常的肉丝炒面，还有一盘，却是桃瓣形的餐饼，上面钤着殷红的小印，辨其文，乃"千秋"两字，含有颂祷的意思。这饼我叫不出它的名目，问了主人，他说："这是姑嫂饼，从前郭频伽词人家里常吃的。"说到这儿,他便翻着频伽的《忏余绮语》给我阅看,果然有绮罗香词一阕,咏着姑嫂饼:"屑面轻匀,搓酥滑润,传自香闺新制。样学桃花,小印脂痕红腻。想晓趁晨釜时光,正娇伴扶床年纪。全不防肠断行人,垂涎先在下风矣。桥梁临水堪认,道是蒋家妹小,食单亲试,作罢羹汤,纤手入厨重洗。笑曲宴画地虚名,爱啮唇颂椒风味。莫教恁说与彭郎,况宁王宅里。"那确乎是有来历的。记得南唐有子母馒头,这子母的名目,就远不及姑嫂两字来得耐人寻味。下箸的时候,也觉得舌端甜津津地香留齿颊。据说,制这饼时,把蜂蜜拌和在面粉中,用杏脯作馅,所以入口越发甘酸可喜。至于为什么叫姑嫂饼,主人也说不出其所以然了。

说说大闸蟹

蟹,几乎人人爱食,当今又是九雌十雄的啖蟹季节,不过,近若干年来,大闸蟹已是奢侈的代名词,在托办要事、难事时,大闸蟹又复成了开道铺路之佳物。寒舍是在哪一年最后一次吃的大闸蟹,已无法回忆。值此秋风起时,只能作些"持菊赏螯"之举罢了。

我是苏州人,苏州人吃蟹,一般总在晚饭以后,因为如果先吃了蟹,不论再吃其他美肴,其味总不及蟹肉鲜美。所以苏州家庭,倘若今天准备吃蟹,则晚饭小菜就简单些,并且留着些肚皮,以作美美地吃上一顿。吃蟹时,调料准备也是少不了的,事前将嫩姜切成细丝,用上好镇江香醋加上白糖拌匀,置一只大碗内,食用时每人用匙舀至自己面前小碟中。酒一般是用花雕,苏州人是很少饮白酒的,啤酒也不常用。阖家围桌

食

而坐,剥剥、吃吃、谈谈,十分有趣。食毕,以紫苏熬汤洗手,可立解腥气。然后,每人再饮滚烫白糖姜茶一盅,既爽口又祛寒,肚内十分舒服。

吃蟹,为什么总称之为吃大闸蟹?因为当时苏州、昆山一带靠近阳澄湖的捕蟹者,他们在港湾间设置了闸门,闸用竹片编成,夜间挂上灯火,蟹见光亮,即循光爬上竹闸,此时只需在闸上一一捕捉,甚为便捷,这便是闸蟹名称之由来。但一般闸蟹只是普通的,大闸蟹却是特级大号的。我国水产中有对虾,也有对蟹,对蟹以一雌一雄对搭,成为一斤。从前的一斤是按老秤十六两计算,雄的约占九两,雌的为七两左右,苏州人称之为对子蟹。阳澄湖水质清澈,故而蟹也属清水大闸蟹,是真正上品。目前这种优质的闸蟹大多出口外销,或宾馆在最高级宴席中使用,老百姓是很难再吃得到的了。

民国初年时,蟹市发展,不单是在苏州的菜场,因上海是当时金融集中地,购买力强,蟹市慢慢推广至沪地。此时也逐步采取了人工殖蟹,蟹不但在苏州、昆山一带供应,在松江、无锡、太湖区域一直到长江就近,也都有蟹,但其品种,却不能与阳澄湖蟹相比。在上海,不仅是小菜场卖蟹,许多食品铺子,也在卖蟹,不少原来从不吃蟹的,初尝其美味后,也开始吃蟹了。当时四马路一带(今福州路),有豫丰泰、言茂源等绍兴酒店,店门前所设蟹摊,生意兴隆,酒店可代客煮蟹,收费低廉,即可在店内啖蟹饮酒。我在二十年代中,自苏州迁居沪上,当时经常往来于四马路望平街各报馆,报业同仁在酒店吃蟹是十分普遍的。苏州家庭煮蟹,将蟹洗净后,通常是放在行灶大镬子内,加以冷水,下添柴禾猛火烧开,镬盖用厚重砧板压住,约煮一刻余钟即可食用。但上海的酒店哪有这许多大镬子用来煮蟹呢？只能将蟹一一用稻草扎住，不使动弹，由客选购，然后加以蒸煮。后来上海住家逐渐改用了煤球炉子，也没有行灶大镬了，于是也采取了蒸食的方法，直至如今。

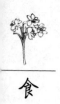

做不得美食家

◎贾平凹

　　同事者见了我,总是劝我吃好,而且说,你又不是吃不起!这么一说,我倒像是个守财奴、吝啬鬼,或者偏要做个苦行僧的,刻意儿吃坏食物。其实我也知道吃是人最重要的工作,鸟为食亡,革命也常是人为食而起;既然同样生有一条能尝味儿的舌头,又不至于穷到身无一文,我当然喜欢吃好,不乐意有好的不吃去吃坏的。劝我吃好,怎么个就好呢? 身边大大小小的美食家的经验,首先是能好吃,胃大,做一个饭袋;再是吃得好,譬如味、色、形。我们这一般的人,并不知道皇帝在吃什么,我们只是有了萝卜就不吃酸菜,有了豆腐就不吃萝卜,豆腐是命,见了肉便又不要命了,所以,大而化之,我所见到的美食家无非是在鸡呀鱼呀牛羊猪狗肉上吃出来的美食家。做个美食家,似乎不屈了活人,自己得意,旁人看了也羡慕,尤其是在年老人和生了病的人眼里。我的一位舅舅患过食道癌,严重的时候,我去看望他,饭辰烧了肉,一家人围着桌子吃,几个表兄吃得满嘴流油,舅舅也馋了,夹一片在口里,嚼了半天却咽不下去,最后站起来吐在后墙根,脸上是万般的无奈和苦楚。我实在不忍心看这场面,让表兄们端碗到屋外去吃,并且叮咛以后吃饭再不要当着舅舅的面吃。从那以后,我是非常痛恨能吃的人,或者夸耀自己能吃的人,甚至想上去搋一掌那差不多都是油乎乎的嘴脸。于是生疑美食家这个词儿,怎么把能吃叫做美呢,把会吃叫做美呢? 吃原本是维持生命的一项工作,口味是上帝造人时害怕没人做维持工作而设置的一种诱骗,试想假如没有口味,牛不也能吃又是吃百样草吗,人病了吃药也不是挺能变着法儿吗,怎么有了口味,一个肯为维持生命而努力工作的,最容易上上帝当的,其实是占小便宜吃了大亏的人就是美食家呢? 依美食家的理论,能吃也要能拉的,吃不攒粪的东西不算是吃,比如,按医生的对于生命的需求标准,只每日往口里送七片八片维生素 C 呀,半瓶一瓶高蛋白呀,那还叫做吃吗? 他们把美食法建立在吃鸡鱼猪羊之类的肉的基础上,不能不使我想到腐烂的肉上咕涌的那些蛆芽子来,甚至想,蛆芽子的身子不停地蠕动,肠胃功能一定很好。

有一年夏天,上海《文学报》的总编郦国义先生来西安,我邀他在大麦市街的小吃店里吃八宝稀粥,一边吃一边议论我们的食量。旁边坐有一个男人陪着一个年轻的女人也在吃粥,这男人很瘦,脸上有三个水疱,是用激光取了痣后未愈的水疱,他殷勤地给那女人服务,却不停地拿眼睛鄙视我们,终于训道:"你们不要说食量好不好? 人称饭量,牲畜才称食量,不会用词就不要用词么,让我们怎么吃下去?"我和郦先生吓了一惊,原本要对他说食量一词运用得正确,且从古到今地一贯正确,但一见到那女人,知道他在谈恋爱,要在女人面前做文雅,我们便维护了他的体面,不再揭穿他的假文雅。这个人的行径以后常常使我想到一些美食家。可这个人的文雅,只是假而假,美食家的文雅地食却是极残酷的。

我见过吃醉虾,见过吃过的活烧鲤鱼,下半身被挑剔殆尽只剩鱼骨了,鱼头仍然张吸蠕动,见过有人吃一种小白鼠类的活物,筷子一夹,吱儿叫一声,蘸一下醋,又吱儿叫一声,送往口里一咬,最后再吱儿一声就咽下肚去了。虽没有见过吃猴脑,吃猴脑的人却给我讲详细的吃法,讲得从容,讲得镇静。我十三岁那年,家乡县城的河滩枪毙人,那时想着杀人好看,枪一响就卷在人群里往杀场跑,跑在我前边的是邻村一个姓巩的人,他大我七岁,是个羊痫风子,跑得一只鞋也掉了。被杀者窝在一个小沙坑里,脑盖被打开了像剖开的葫芦瓢,但一边连着,没有彻底分开,一摊脑浆就流出来。我一下子恶心得倒在地上,疯子却从怀里掏出一个蒸馍,掰开了,就势在那脑壳里一偎,夹了一堆白花花的东西,死者的家属在收尸,忙扑来索要,疯子拔脚就逃,一边逃一边咬了那馍吃,这么追了四百米远,疯子把馍已经吃完了就不再跑,立定那里用舌头舔了嘴唇在笑。后来才听说人脑是可以治羊痫风病的,那巩疯子是被人唆使了早早准备了这一天来吃药的。姓巩的疯子最后治好了没有治好疯病,我离开了故乡不可得知,但现在吃啥补啥的说法很流行,尤其这些年里,中国人的温饱已经解决,食品发展到保健型,恐怕是吃猴脑为的是补人脑吧,吃猪心为的是补人心吧。中国人在吃上最富于想象力,由吃啥补啥的理论进而到一种象征的地步,如吃鸡不吃腿,要吃翅,腿是跪的含义,翅膀则是可以飞到高枝儿上去的。以至于市场上整块整吊的肉并不紧张,抢手的是猪牛羊的肝、心、胃、肠。我老是想,吃啥补啥,莫非人的五脏六腑都坏了?街上来来往往的人,谁是被补过了的,难道已长着的是牛心猪胃狗肺鸡肠吗?那么,人吃了兽有了兽性,兽吃了人兽也有了人味?那么,吃口条(给猪的舌头起了多好的名)可以助于说谄语,谈恋爱善于去接吻,吃鸡目却为的是补人目呢还是补人脚上的鸡眼?缺少爱情的男人是不是去吃女人,而缺少一口袋钱呢,缺少一个官位如处长厅长省长呢?

有一位美食家给我说过他的一次美食,是他出差到一个地方,见店主将一头活驴拴于店堂中央,以木架固定,吃客进来,于驴身上任选一处自己嗜好的地方,店主便当下从驴身上割下烹制,其肉味鲜嫩无比。他去的时候,驴身上几乎只剩下一个驴头和骨架,驴却未死,他要的是驴的那条生殖器,吃了一顿"钱钱肉"的。这位美食家对我说的时候,他的两个儿子打架,老二竟打得老大鼻腔出血,他就大骂老二,是"狼吃的"、"狗嚼的",骂得很狠。人的咒语之所以有"狼吃"、"狗嚼",为的是让该骂的人死得残酷,可人被别的动物吃了是残酷,人吃别的动物却认为是美食,这太不公,所以,我从不与文文雅雅残酷的美食家为友,我害怕他看见长腿的就吃,吃了我家的凳子,甚至有朝一日他突然看中了我身上的某个部位。

数年前美食家们多谈的是山珍海味,如今吃出层次了,普遍希望吃活的,满街的饭店橱窗上都写了"生猛",用词令人恐惧。但生猛之物不是所有美食家都有钱去吃得的,更多的人,或平常所吃的多是去肉食店买了,不管如何变了花样烹饪,其实是吃一种动物尸体。吃尸体的,样子都很凶狠和丑陋,这可以以兀鹰为证。目下世上的和尚、道士很少——和尚、道士似乎是古时人的残留,通过他们使我们能与古时接近——一般人是不拒绝吃肉的,但主食还是五谷,各种菜蔬是一种培育的草,五谷是草的籽,草生叶开花,散发香气,所以人类才有菩萨的和善,才有"和平"这个词的运用。我不是个和尚或道士,偶然也吃点肉,但绝对不多,因此我至今不能做美食家,也不是纯粹的完人善人。同事者劝我吃好,主要是认为我吃素食为多。我到一个朋友家去吃饭,吃不惯他们什么菜里都放虾米,干脆只吃一碗米饭,炒一盘青菜和辣子,那家的小保姆以后就特别喜欢我去做食客,认为我去吃饭最省钱。我到街上饭馆吃饺子,进馆总要先去操作室看看饺子馅,问:肉多不多? 回答没有不是:肉多! 我只好说:肉多了我就不吃了。这样,一些人就错觉我吃食简单粗糙,是富人的命穷人的肚。这便全错了,只有和我生活在一起的妻子说:他最好招待,又最难伺候。她到底知我。我吃大米,不吃小米。吃粥里煮的黄豆,不吃煮的芸豆。青菜要青,能直接下锅最好。是韭菜不吃。菜花菜不吃,总感觉菜花菜是肿瘤模样。吃芹菜不吃秆,吃叶。不吃冬瓜吃南瓜。吃面条不吃条子面,切出的形状要四指长的,筷头宽的,能喝过上两次面条后的汤。坚决拒绝吃熏醋,吃白醋。不吃味精,一直认为味精是骨头研磨的粉。豆腐要冷吃着好,锅盔比蒸馍好。鸡爪子不吃嫌有脚气,猪耳不吃,老想到耳屎。我属龙,不吃蛇,鳝段如蛇也不吃。青蛙肉不吃,蛙与凹同音,自己不吃自己,等等的讲究。这讲究不是故意要讲究,是身子的需要,心性的需要,也是感觉的需要,所以每遇到宴会,我总吃不饱。但是,我是一顿也不能凑合着吃食的人,没按自己心性来吃,情绪就很坏,因此在家或出门在外,常常有脾气、焦躁的时候,外人还以为我对什么有了意见,闹出许多尴尬来,了解我的妻子知道问题出在哪里,便要说:"噢,这也不怪,那也不怪的,是他没吃好!"去重新给我做一碗饭来。别人看着我满头大汗地把一碗他们认为太廉价的饭菜吃得津津有味,就讥笑我,挖苦我,还要编出许多我如何吝啬的故事来的。好的吃食就一定是贵价的吗? 廉价的吃食必然就不好吗？水和空气重要而重要吧，水和空气却是世上最不值钱的东西。

　　中国人的毛病或许很多，之一是不是就因有了美食家？查查字典，什么词儿里没有个吃字，什么事情不以吃义衡量，什么时候不在说吃？就连在厕所里见了熟人，也要行"吃了没"的礼节性问候。聪明才智都用在吃上了，如果原子弹是个能吃的东西，发明者绝不会是外国佬的。吃就吃吧，谁长嘴都要吃的，只是现在的美食家太多，又都是什么都想吃，什么都会吃（听说已经要研究苍蝇的吃法了）。口太粗，低劣而凶恶。龙与凤之所以高贵圣洁、美无伦比，是龙凤满宇宙寻着只吃竹实莲子，可现在哪儿还有龙与凤呢？我感激同事者对我劝告的一份好心，而我生之俱来实在不是个美食家，我自信我的吃食不粗，我的错误却在于吃食未精，因此我做人不高尚而还淡泊，模样丑陋而还良善。但是，在由草食转化为肉食的美食家越来越多的环境里，我的心性和行为逐渐不能适应，竭力想在不适之中求适终于不能适，想在无为中有所为毕竟归至于无为，这是我做人的悲哀处，这悲哀又是多么地活该啊。

食

读《中国吃》

◎梁实秋

　　中国人馋，也许北平人比较起来最馋。馋，若是译成英文很难找到适当的字。译为 piggish, gluttonous, greedy 都不恰，因为这几个字令人联想起一副狼吞虎咽的饕餮相，而真正馋的人不是那个样子。中国宫廷摆出满汉全席，富足人家享用烤乳猪的时候，英国人还在用手抓菜吃，后来知道用刀叉也常常是在宴会中身边自带刀叉备用，一般人怕还不知蔗糖、胡椒为何物。文化发展到相当程度，人才知道馋。

　　读了唐鲁孙先生的《中国吃》，一似过屠门而大嚼，使得馋人垂涎欲滴。唐先生不但知道的东西多，而且用地道的北平话来写，使北平人觉得益发亲切有味，忍不住，我也来饶舌。

　　现在正是吃炰烤涮的时候，事实上一过中秋炰烤涮就上市了，不过要等到天真冷下来，吃炰烤涮才够味道。东安市场的东来顺生意鼎盛，比较平民化一些，更好的地方是前门肉市的正阳楼。那是一个弯弯曲曲的陋巷，地面上经常有好深的车辙，不知现在拓宽了没有。正阳楼的雅座在路东，有两个院子，有十来个座儿。前院放着四个烤肉支子，围着几条板凳。吃烤肉讲究一条腿踩在凳子上，做金鸡独立状，然后探着腰自烤自吃自酌。正阳楼出名的是螃蟹，个儿特别大，别处吃不到，因为螃蟹从天津运来，正阳楼出大价钱优先选择，所以特大号的螃蟹全在正阳楼,落不到旁人手上。买进之后要在大缸里养好几天,每天浇以鸡蛋白,所以长得个个顶盖儿肥。客人进门在二道门口儿就可以看见一大缸一大缸的"无肠公子"。平常一个人吃一尖一团就足够了,佐以高粱最为合适。吃螃蟹的家伙也很独到,一个小圆木盘,一只小木槌子,每客一副。如果你觉得这套家伙好,而且你又是常客,临去带走几副也无所谓,小账当然要多给一点。螃蟹吃过之后,烤肉、涮肉即可开始。肉是羊肉,不像烤肉季、烤肉宛那样以牛肉为主。正阳楼切羊肉的师傅是一把手,他用一块抹布包在一条羊肉上(不是冰箱冻肉),快刀慢切,切得飞薄。黄瓜条、三叉儿、大肥片儿、上脑儿,任听尊选。一盘没有几片,够两筷子。如果喜欢吃涮的,早点吩咐伙计升好锅子熬汤,熟客还可以要一个锅子底儿,那就是别人涮过的剩汤,格外浓。如果要吃烤的,自己到院子里去烤,再不然就教伙计代劳。正阳楼的烧饼也特别,薄薄的两层皮儿,没有瓤儿,烫手热。撕开四分之三,掰开了一股热气喷出,把肉往里一塞,又香又软又热又嫩。吃过螃蟹、烤羊肉之后,要想喝点什么便感觉到很为难,因为在那鲜美的食物之后无以为继,喝什么汤也没有滋味了。有高人指点,螃蟹、烤肉之后唯一压得住阵脚的是氽大甲,大甲就是螃蟹的螯,剥出来的大块螯肉在高汤里一氽,加芫荽末,加胡椒面儿,撒上回锅油炸麻花儿。只有这样的一碗汤,香而不腻。以蟹始,以蟹终,吃得服服帖帖。烤羊肉这种东西,很容易食过量,饭后备有普洱酽茶帮助消化,向堂倌索取即可,否则他是不送上的。如果有人贪食过量,当场动弹不得,撑得翻白眼儿,人家还备有特效解药,那便是烧焦了的栗子,磨成灰,用水服下,包管你肚子里咕噜咕噜响,躺一会儿就没事了。雅座都有木炕可供小卧。正阳楼也卖普通炒菜,不过吃主总是专吃它的螃蟹、羊肉。台湾也有所谓蒙古烤肉,铁支子倒是蛮大的,羊肉的质料不能和口外的绵羊比,而且烤的佐料也不大对劲,什么红萝卜丝、辣椒油全羼上去了。烧饼是小厚墩儿,好厚的心子,肉夹不进去。

上面说到炰烤涮,炰是什么? 炰或写作"爆"。是用一面平底的铛放在炉子上,微火将铛烧热,用焦煤、木炭、柴均可。肉蘸了酱油、香油,拌了葱、姜之后,在铛上滚来滚去就熟了,这叫作铛炰羊肉,味清淡,别有风味,中秋过后什刹海路边上就有专卖铛炰羊肉的摊子。在家里用烙饼的小铛也可以对付。至于普通馆子的炰羊肉,大火旺油加葱爆炒,那就是另外一码子事了。

东兴楼是数一数二的大馆子,做的是山东菜。山东菜大致分为两帮,一是烟台帮,一是济南帮,菜数作风不同。丰泽园、明湖春等比较后起,属于济南帮。东兴楼是属于烟台帮。别看东兴楼是大馆子,他们保存旧式作风,厨房临街,以木栅做窗,为的是便利一般的"口儿厨子"站在外面学两手儿。有手艺的人不怕人学,因为很难学到家。客人一掀布帘进去,柜台前面一排人,大掌柜的、二掌柜的、执事先生,一齐点头哈腰:"二爷您来啦!""三爷您来啦!"山东人就是不喊人做大爷,大概是因为武大郎才是大爷之故。一声"看座",里面的伙计立刻应声。二门有个影壁,前面大木槽养着十条八条的活鱼。北平不是吃海鲜的地方,大馆子总是经常备有活鱼。东兴楼的菜以精致著名,调货好,选材精,规规矩矩。炸脂一定去里儿,爆肚儿一定去草芽子。爆肚仁有三种做法、油爆、盐爆、汤爆,各有妙处,这道菜之最可人处是在触觉上,嚼上去不软不硬不韧而脆，雪白的肚仁衬上绿的香菜梗，于色、香、味之外还加上触，焉得不妙？我曾一口气点了油爆、盐爆、汤爆三件，真乃下酒的上品。芙蓉鸡片也是拿手，片薄而大，衬上三五根豌豆苗，盘子里不汪着油。烩乌鱼钱带割雏儿也是著名的。乌鱼钱又名乌鱼蛋，"蛋"字犯忌，故改为"钱"，实际是鱼的卵巢。割雏儿是山东话，鸡血的代名词，我问过许多山东朋友，都不知道这两个字如何写法，只是读如"割雏儿"。锅烧鸡也是一绝，油炸整只子鸡，堂倌拿到门外廊下手撕之，然后浇以烩鸡杂一小碗。就是普通的肉末夹烧饼，东兴楼的也与众不同，肉末特别精、特别细，肉末是切的，不是斩的，更不是机器轧的。拌鸭掌到处都有，东兴楼的不夹带半根骨头，垫底的黑木耳适可而止。糟鸭片没有第二家能比，上好的糟，糟得彻底。一九二六年夏，一批朋友从外国游学归来，时昭瀛意气风发要大请客，指定东兴楼，要我做提调，那时候十二元一席就可以了，我订的是三十元一桌，内容丰美自不消说，尤妙的是东兴楼自动把埋在地下十几年的陈酿花雕起了出来，羼上新酒，芬芳扑鼻，这一餐吃得杯盘狼藉，皆大欢喜。只是风流云散，故人多已成鬼，盛筵难再了。东兴楼于抗战期间在日军高压之下停业，后来在帅府园易主重张，胜利后曾往尝试，则已面目全非，当年手艺不可再见。

致美楼，在煤市街，路西的是雅座，称致美斋，厨房在路东，斜对面。也是属于烟台一系，菜式比东兴楼稍粗一些，价亦稍廉，楼上堂倌有一位初仁义，满口烟台话，一团和气。咸白菜、酱萝卜之类的小菜，向例是伙计们准备，与柜上无涉，其中有一色是酱豆腐汁拌嫩豆腐，洒上一勺麻油，特别好吃。我每次去，初仁义先生总是给我一大碗拌豆腐，不是一小碟。后来初仁义升做掌柜的了。我最欢喜的吃法是要两个清油饼（即面条盘成饼状下锅油煎），再要一小碗烩两鸡丝或烩虾仁，往饼上一浇。我给起了个名字，叫过桥饼。致美斋的煎馄饨是别处没有的，馄饨油炸，然后上屉一蒸，非常别致。砂锅鱼翅炖得很烂，不大不小的一锅足够三五个人吃，虽然用的是翅根儿，不能和黄鱼尾比，可是几个人小聚，得此亦是最好不过的下饭的菜了。还有芝麻酱拌海参丝，加蒜泥，冰得凉凉的，在夏天比什么冷荤都强，至少比里脊丝拉皮儿要高明得多。到了快过年的时候，致美斋特制萝卜丝饼和火腿月饼，与众不同，主要是用以馈赠长年主顾，人情味十足。初仁义每次回家，都带新鲜的烟台苹果送给我，有一回还带了几个莱阳梨。

厚德福饭庄原先是个烟馆，附带着卖一些馄饨、点心之类供烟客消夜。后来到了袁氏当国，河南人大走红运，厚德福才改为饭馆。老掌柜的陈莲堂是河南人，高高大大的，留着山羊胡子，满口河南土音，在烹调上确有一手。当年河南开封是办理河工的主要据点，河工是肥缺，连带着地方也富庶起来，饭馆业跟着发达，这就和扬州为盐商汇集的地方所以饮宴一道也很发达完全一样。袁氏当国以后，河南菜才在北平插进一脚，以前全是山东人的天下。厚德福地方太小，在大栅栏一条陋巷的巷底，小小的招牌，看起来不起眼，有人连找都不易找到。楼上楼下只有四个小小的房间，外加几个散座。可是名气不小，吃客没有不知道厚德福的。最尴尬的是那楼梯，直上直下的，坡度极高，各层相隔甚巨。厚德福的拿手菜，大家都知道，包括瓦块鱼，其所以做得出色主要是因为鱼新鲜肥大，只取其中段，不惜工本，成绩怎能不好？勾汁儿也有研究，要浓稀甜咸合度。吃剩下的汁儿焙面，那是骗人的，根本不是面,是刨番薯丝,要不然炸出来怎能那么酥脆?另一道名菜是铁锅蛋,说穿了也就是南京人所谓涨蛋,不过厚德福的铁锅更能保温,端上桌还久久地嗞嗞响。我的朋友赵太侔曾建议在蛋里加上一些美国的 cheese 碎末,试验之后风味绝佳,不过不喜欢 cheese 的人说不定会"气死"!炒鱿鱼卷也是他们的拿手菜,好在发得透,切得细,旺油爆炒。核桃腰也是异曲同工的菜,与一般炸腰花不同之处是他的刀法好,火候对,吃起来有咬核桃的风味。后有人仿效,真个地把核桃仁加进腰花一起炒,那真是不对意思了。最值一提的是生炒鳝鱼丝。鳝鱼味美,可是山东馆不卖这一道菜,谁要是到东兴楼、致美斋去点鳝鱼,那简直是开玩笑。淮扬馆子做的软儿或是炝虎尾也很好吃,但风味不及生炒鳝鱼丝,因为生炒才显得脆嫩。在台湾吃不到这个菜。华西街有一家海鲜店写着"生炒鳝鱼"四个大字,尚未尝试过,不知究竟如何。厚德福还有一味风干鸡,到了冬天一进门就可以看见房檐下挂着一排鸡去了脏腑,留着羽毛,填进香料和盐,要挂很久,到了开春即可取食。风干鸡下酒最好,异于熏鸡、卤鸡、烧鸡、白切油鸡。

厚德福之生意突然猛进是由于民初先农坛城南游艺园开放。陈掌柜托警察厅的朋友帮忙抢先弄到营业执照,匾额就是警察厅擅写魏碑的那一位刘勃安先生的手笔(北平大街小巷的路牌都是出自他手)。平素陈掌柜培养了一批徒弟,各有专长,例如,梁西臣善使旺油,最受他的器重。他的长子陈景裕一直跟着父亲做生意。盈利所得,同伙各半,因此柜上、灶上、堂口上融洽合作。城南游艺园风光了一阵子,因楼塌砸死了人而歇业,厚德福分号也只好跟着关门。其充足的人力、财力无处发泄,老店地势局促不能扩展,而且他们笃信风水,绝对不肯迁移。于是乎厚德福向国内各处展开，沈阳、长春、黑龙江、西安、青岛、上海、香港、昆明、重庆、北碚等处分号次第成立，现在情形如何就不知道了。厚德福分号既多，人手渐不敷用，同时菜式也变了质，不复能维持原有作风。例如，各地厚德福以北平烤鸭著名，那就是难以令人逆料的事。

说起烤鸭，也有一段历史。

北平不叫烤鸭，叫烧鸭子。因为不是喂养长大的，是填肥的，所以有填鸭之称。填鸭的把式都是通州人，因为通州是运河北端起点，富有水利，宜于放鸭。这种鸭子羽毛洁白，非常可爱，与野鸭迥异。鸭子到了适龄的时候，便要开始填。把式坐在凳子上，把只鸭子放在大腿中间一夹，一只手掰开鸭子的嘴，一只手拿一根比香肠粗而长的预先搓好的饲料硬往鸭嘴里塞，塞进嘴之后顺着鸭脖子往下捋，然后再一根下去，再一根下去……填得鸭子摇摇晃晃。这时候把鸭子往一间小屋里一丢，小屋里拥挤不堪，绝无周旋余地，想散步是万不可能的。这样填个十天半个月，鸭子还不蹲膘？

吊炉烧鸭是由酱肘子铺发卖，以从前的老便宜坊为最出名，之后金鱼胡同西口的宝华春也还不错。饭馆子没有自己烤鸭子的，除了全聚德以专卖鸭全席之外。厚德福不卖烧鸭，只有分号才卖，起因是柜上有一位张诗舫先生，精明能干，好多处分号成立都是他去打头阵，他是通州人，填鸭是内行，所以就试行发卖北平烤鸭了。我在北碚的时候，他去筹设分号，最初试行填鸭，填死了三分之一，因为鸭种不对，禁不住填，后来减轻填量才获相当的成功。吊炉烧鸭不能比叉烧烤鸭，吊炉烧鸭因为是填鸭，油厚，片的时候是连皮带油带肉一起片。叉烧烤鸭一般不用填鸭，只拣稍微肥大一点的就行了，预先挂起晾干,烤起来皮和肉容易分离,中间根本没有黄油,有些饭馆干脆把皮揭下盛满一大盘子上桌,随后再上一盘子瘦肉。那焦脆的皮固然也很好吃,然而不是吊炉烧鸭的本来面目。现在台湾的烤鸭,都不是填鸭,有那份手艺的人不容易找。至于广式的烧鸭以及电烤鸭,那都是另一个路数了。

在福全馆吃烧鸭最方便,因为有个酱肘子铺就在右手不远,可以喊他送一只过来,鸭架装打卤,斜对面灶温叫几碗一窝丝,实在最为理想,宝华春楼上也可以吃烧鸭,现烧现片,烫手热,附带着供应薄饼、葱、酱、盒子菜,丰富极了。

在《中国吃》这本书里,唐先生还提起锡拉胡同玉华台的汤包,那的确是一绝。

玉华台是扬州馆,在北平算是后起的,好像是继春华楼而起的第一家扬州馆,此后如八面槽的淮扬春以及许多什么什么春的也都跟着出现了。玉华台的大师傅是从东堂子胡同杨家(杨世骧)出来的,手艺高超。我在北平的时候,北大外文系女生杨毓恂小姐毕业时请外文系教授们吃玉华台,胡适之先生也在座,若不是胡先生即席考证我还不知杨小姐就是东堂子胡同杨家的千金。老东家的小姐出面请客,一切伺候那还错得了?最拿手的汤包当然也格外加工加细。从笼里取出,需用手握住包子的褶儿,猛然提取,若是一犹疑就怕要皮破汤流不堪设想。其实这玩意儿是吃个新鲜劲儿。谁吃包子尽吮汤呀?而且那汤原是大量肉皮冻为主,无论加什么材料进去,味道不会十分鲜美。包子皮是烫面做的,微有韧性,否则包不住汤。我平常在玉华台吃饭,最欣赏它的水晶虾饼,厚厚的扁圆形的摆满一大盘,洁白无瑕,几乎是透明的,入口软脆而松。做这道菜的诀窍是用上好白虾,羼进适量的切碎的肥肉,若完全是虾既不能脆更不能透明,入温油徐徐炸之,不要焦,焦了就不好看。不说穿了,谁也不知道里头有肥肉,怕吃肥肉的人最好少下箸为妙。一般馆子的炸虾球也差不多是一个做法,可能羼了少许茨粉,也可能不完全是白虾。玉华台还有一道核桃酪也做得好,当然根本不是酪,是磨米成末,拧汁过滤(这一道手续很重要,不过滤则渣粗),然后加入红枣泥(去皮)使微呈紫红色,再加入干核桃磨成的粉,取其香。这一道甜汤比什么白木耳莲子羹或罐头水果充数的汤要强得多。在家里也可以做,泡好白米捣碎取汁,和做杏仁茶的道理一样。自己做的核桃酪我发觉比馆子里大量出品的还要精细可口些。

北平的吃食,怎么说也说不完。唐鲁孙先生见多识广,实在令人佩服。我虽然也是北平生长大的,但接触到的生活面很窄。有一回齐如山老先生问我吃过哈达门外的豆腐脑没有,我说没有,他便约了几个人(好像陈纪滢先生在内)到哈达门外路西一个胡同里,那里有好几家专卖豆腐脑的店,碗大卤鲜豆腐嫩,比东安市场的高明得多。这虽然是小吃,没人指引也就不得其门而入。又例如,灌肠是我最喜爱的食物,煎得焦焦的,那油不是普通的油,是卖"熏鱼儿的"作坊所撇出来的油,有说不出的味道。所谓卖"熏鱼儿"的,当初是有小条的熏鱼卖,后来熏鱼就不见了,只有猪头肉、肠子、肝脑、猪心,等等。小贩背着木箱串胡同,口里吆喝着:"面筋哟!"其实卖的是猪头肉等,面筋早已不见了,而你喊他过来的时候却要喊:"卖熏鱼儿的!"这真是一怪。有人告诉我要吃真正的灌肠需要到后门外桥头儿上那一家去,那才是真正的灌肠,又粗又壮的肠子就和别处不同,而且是用真正的猪肠。这一说明把我吓退,猪肠太肥,至今不曾去尝试过,可是有人说那味道确实不同。小吃还有这么多讲究,饭馆子、饭庄子里面的学问当然更大了去了。我写此短文,不是为唐先生的大文做补充,要补充我也补充不了多少,我只是读了唐先生的书,心里一痛快,信口开河,凑个趣儿。

食

吃饭与吃面包

◎周作人

　　中国人说吃饭,欧洲人说吃面包,这代表东方与西方两种不同的生活方式。根本是一样的都是谷食,米与麦实在所差无几,可是一个是整粒的煮,一个是磨了粉再来蒸烤,在制法这一点差异上就发生了吃法的不同,吃面包用刀叉,吃饭则是用筷子的。这两者的起源同是出于用手抓,西方面食的省五指为三成为钢叉,东方米食乃省而为二,便是竹木的筷子了。用叉的手势通用下拿钢笔,两只筷子操纵稍难,但运动也更自如,譬如用筷子夹一颗豌豆,在西洋人看来有点近于变小戏法了,在中国却是寻常的事,只要不是用的象牙或银筷子,与拿钢笔同一个道理,中国执笔的手势与拿筷子也是同一基础的。

　　我们现在如问中国这吃饭的方式要不要改,改得同一般通行的一样,便是改吃面包,早晚会见互问吃过面包没有呢?我想谁都立即回答说不,因为这是不可能,也不必要的。水田或者可能改造了来种麦,面包本来可以当饭,事实上中国有好些地方也经常食面,但一样还是说吃饭,如依照从来烹调法,根本都是用筷子的食物,可见吃饭的观念与用筷子的习惯是多么根深蒂固了。现在固然没有主张要改的人,我不过是举这个例,说明人民的生活方式中很有些是不必要改,也是不可能改的。

原载《亦报》1951 年 8 月 12 日

上海的吃及其他

◎王安忆

　　香港的元朗，有一种饭菜，是将手指长的鲜虾，拌上葱姜佐料，铺在饭上，一同上笼蒸。这使人想到劳作的人们，从田里回家，正好饭熟虾香，连笼端上桌，刨开面上的通红的虾，挖底下的米饭盛了满碗，大口大口就着虾吃将起来。还有一种汤菜，先是一盆稠厚得起胶的汤，然后是一盘堆尖了的汤渣：鸡肉鸡骨、鸭肉鸭骨、猪肉猪骨、鱼肉鱼骨、药材、根蕨类菜蔬，一律酥烂，入口即化。也是劳作的下饭。早起便一股脑儿下了锅，添满水，柴灶里填了禾草猛烧，烧到锅沸鼎开，再将火偃灭，煨焖着，等正午田里归来，汤和菜都有了。

　　台北的淡水，一入街便见"铁蛋"的招牌，大大小小。所谓"铁蛋"，原来就是鸡蛋，不知用何秘方酱制，风干，最后收缩成鹌鹑蛋大小，尤其是蛋白一层，铁硬。显然是天气潮热的地方保存食物的方法，也能看出勤俭刻苦的人们操持家务的情景。

　　这些吃食真和上海的有点像呢！上海本帮菜，从来不入系，亦不上桌面。那多是浓油赤酱的下饭，供出了大汗的劳力们补充体力。凡见有精致的吃法，考究起来，大约无一不是来自苏、锡、川、扬等外帮。上海城隍庙的"老饭店"，专是经营本帮菜，其中有一味，红烧大肠，肥腻极了，是上海菜的嗜味。上海人的嗜味厚，也应有着储藏的考虑。处于江南的梅雨带，食物的变质是经常的事情,食物的丰和匮又不均,所以要有存物的本领。从口味来看,上海人亦是性情粗放,以劳动为本。

这还体现在上海的语言方面,上海话是相当粗鲁的语言。它没有敬语,如北方话里的"您",它没有,老少尊卑统称你为"侬"。"劳驾"这类词也没有,至多说"帮帮忙",又变得流气了。人去世,不论是仇家的,亲家的,一律为"死掉了",听起来像骂人。一些礼节性的说法,其实也多是从书面语上搬过,而非本来就有。如我这样,少年时到中原地区插队落户,十分惊讶的是,那些生活俭朴的农人竟拥有如此文雅的言辞。他们称人父母,必缀上"大人"二字。有人敬烟,回说不吸,然后是"别累手了"。"死"字是绝不可出口的,天寿之年要说"老"了,夭折则是"坏"了,移尸要说:请走了。骂人话里都含着礼数,比如骂人心急慌忙,骂的是:赶什么?谢吊啊!

我私下以为,看哪种语言好,就看这语言里出的戏种好不好。比如,四川的川剧,就是个大剧种,从它丰富生动的表现,可看出四川话的泼和俏。广东的粤剧,则有古韵,幽深得很,粤语里就有着这样既朴又华的宋遗风。徽班晋京,宫廷化和北地化了,与北京语对相教化得堂皇,正直,大道朝天,老舍先生赞它是"清脆的",大约是说它音节的纯净和有格律。而戏曲的韵白又多是中州调,是大唐之音,照映着洛阳的牡丹。从河南豫剧看,豫音实是铿锵响亮,而且内涵婉转,只是近代这地方荒芜了,言语便染了粗蛮相。没听过秦腔,但看过一出电视连续剧,表演西安地方一个大案,剧中人物均操西安语,就为了听这个,一集一集看下去。就觉得这话好听,是北音,可却柔极了,字和字之间,有舒缓的拖腔,用字又那么斯文。听这语音,此地便可建都,而且是大朝廷的都,有帝王气象。

上海地方戏，叫沪剧，说唱小调渐变成的市民戏种。唱一段，说一段，并无严格的陈式，唱腔亦极单调，是戏曲里的文明戏。最适合西装旗袍剧，客堂、厢房、亭子间里的男女情怨，流短蜚长。不是说小戏种就不好，小戏种的好是好在朴，就是民间性。像黄梅戏，有一股村情，《女驸马》，乡里人说朝廷故事，流露的是人情之常。沪剧且又俗了。不过，上海还有一个戏种，我倒更情愿它作代表，就是滑稽戏。它是裸露的粗鄙，反是天真了。那热蓬蓬的现世的欲望和性情，很见精神。我插队的地方叫五河，有五条河交汇流过，水产颇丰。可是，在上海人来到之前，品种却很简单。比如螃蟹，无人问津。上海人一到，螃蟹一下子变成宝，自五分一斤涨到五角一斤。上海人的吃劲，如上海话说，"急吼吼"的。那第一个吃螃蟹的，一定是上海人，多少有一点穷极潦倒的狼狈相。不像鲁菜那系的，讲的是一百年、二百年的老汤，多么深的火候渊源！

　　这就又说到吃上面了，去过山西，那方食谱显现的是富足优渥的衣食饱暖。不说菜，单是面食，就有无数种类与款式，品格特别正。不是讲究味鲜，"鲜"是幽微的气息，而是"香"，质朴而健康的脾胃。定是晋商的享受格调，与其时的资源有关，丰厚。看那应县的木塔，全是宽、厚、长的板子搭成，疏枝阔叶，却结实得多少代不朽，不摇，不动。于是，商人们便手笔大，吃起来也是宽街大路，正味。扬州的盐商口味就要促狭多了，也是地理关系，山水曲折，风情也多是微妙，又多是暴富，就轻佻些。听故事说，有一盐商，每日早餐是二枚鸡蛋，可这鸡蛋不是一般的鸡蛋，是喂食人参的母鸡所下，值一两银子一个。还有那干丝，一块豆腐，横刀竖刀，划成千丝万缕，可不是折腾死人？

食

　　上海的吃食，究其底是鱼肉菜蔬，大路货，油盐酱醋，大路佐料，紧火慢火地烧就，是粗作人的口味。也是因其没根基，就比较善于融会贯通，到了近代，开放的势所必然，各路菜肴到此盛大集合，是国际嘉年会的前台。要到后台，走入各家朝于后弄的灶披间，准保是雪里蕻炒肉丝、葱烤鲫鱼、水笋烧肉，浓油赤酱的风格，是上海这城市的草根香。

北京的茶食

◎周作人

在东安市场的旧书摊上买到一本日本文章家五十岚力的《我的书翰》,中间说起东京的茶食店的点心都不好吃了,只有几家如上野山下的空也,还做得好点心,吃起来馅和糖及果实浑然融合,在舌头上分不出各自的味来。想起德川时代江户的二百五十年的繁华,当然有这一种享乐的流风余韵留传到今日,虽然比起京都来自然有点不及。北京建都已有五百余年之久,论理于衣食住方面应有多少精微的造就,但实际似乎并不如此,即以茶食而论,就不曾知道什么特殊的有滋味的东西。固然我们对于北京情形不甚熟悉,只是随便撞进一家饽饽铺里去买一点来吃,但是就撞过的经验来说,总没有很好吃的点心买到过。难道北京竟是没有好的茶食,还是有而我们不知道呢? 这也未必全是为贪口腹之欲,总觉得住在古老的京城里吃不到包含历史的精炼的或颓废的点心是一个很大的缺陷。北京的朋友们,能够告诉我两三家做得上好点心的饽饽铺么?

我对于二十世纪的中国货色,有点不大喜欢,粗恶的模仿品,美其名曰国货,要卖得比外国货更贵些。新房子里卖的东西,便不免都有点怀疑,虽然这样说好像遗老的口吻,但总之关于风流享乐的事我是颇迷信传统的。我在西四牌楼以南走

食

过,望着异馥斋的丈许高的独木招牌,不禁神往,因为这不但表示他是义和团以前的老店,那模糊阴暗的字迹又引起我一种焚香静坐的安闲而丰腴的生活的幻想。我不曾焚过什么香,却对于这件事很有趣味,然而终于不敢进香店去,因为怕他们在香盒上已放着花露水与日光皂了。我们于日用必需的东西以外,必须还有一点无用的游戏与享乐,生活才觉得有意思。我们看夕阳,看秋河,看花,听雨,闻香,喝不求解渴的酒,吃不求饱的点心,都是生活上必要的——虽然是无用的装点,而且是愈精炼愈好。可怜现在的中国生活,却是极端地干燥粗鄙,别的不说,我在北京彷徨了十年,终未曾吃到好点心。

原载《晨报副刊》1924 年 3 月 18 日

北京小吃

◎肖复兴

北京小吃，绝大多数是清真的。无论《故都食物杂咏》、《燕京小食品杂咏》等旧书中描写过的那些名目繁多而令人垂涎的小吃，也无论新近在什刹海开张的"九城"小吃城，还是传统的隆福寺的小吃店，或者是原来门框胡同旁边的小吃街，绝大多数都是清真的，回形清真文字的招牌，是必须要张挂出来标示的。即使是解放以前挑着小担子穿街走巷卖小吃的，担子上也都要挂着简单的清真招牌。为什么呢？回民，在北京城只是一少部分，为什么却占据着几乎全部的北京小吃的领地？清朝的时候，是北京小吃最红火的时候，旗人并不是回民啊，为什么从慈禧太后到平民百姓的胃口，都被回民改造成了清真口味了呢？

那天，我遇到一位高人，他年轻时在北京城南著名的清真餐馆两益轩里当过学徒，解放以后，曾经当过南来顺的经埋。没有建菜市口大街的时候，南来顺在菜市口丁字路口南，是当时北京最大的小吃店，几乎囊括了所有的北京小吃，可以说他是一辈子和北京小吃打交道，不仅是知味人家，而且是知底人家。

老先生告诉我，北京小吃，清真打主牌，是有历史渊源的，最早要上溯到唐永徽二年(651)，那时候，第一位来自阿拉伯的回民使者来长安城拜见唐高宗,自此伊斯兰教传入中国,与此同时带来清真口味的香料和调料,比如我们现在说的胡椒,明显就是。那琳琅满目的众多香料和调料,确实让中原耳目一新,食欲大增。要说改变了我们中国人的口味,最早是从这时候开始,是从这样的香料和调料入味,先从味蕾再到胃口的。

大量西域穆斯林进入并定居中国,是元代,北京最著名的回民居住的牛街,就是在那时候形成的,他们同时便把回民的饮食文化带到了北京。写过《饮食正要》的忽思慧,本人是回民,又是当时的御医,那本《饮食正要》里面写的大多是回民食谱,宫廷里和民间的都有,大概是最早的清真小吃乃至饮食的小百科了。比如现在我们还在吃的炸糕之类的油炸品,在老北京,在汉人中,以前是没有吃过的,那是从古波斯人时代就爱吃的传统清真小吃,如果不是牛街上的回民把它传给我们,也许,我们还只会吃年糕,而不会吃炸糕。

应该说,牛街是北京小吃最早的发源地。

老先生说得有史有据有理,牛街的小吃,到现在也是非常有名的,牛街是北京小吃的一种象征,一块金字招牌。

过去说牛街的回民,"两把刀,八根绳",就可以做小吃的生意了,说的是本钱低,门槛不高。老先生问我知道什么叫做"两把刀,八根绳"吗?我说这我知道,所谓两把刀,就是有一把卖切糕或一把切羊头肉的刀,就可以闯荡天下了。别看只是普通的两把刀,在卖小吃的回民中,是有讲究的。切糕粘刀,切不好,弄得很邋遢,讲究的就是切之前刀子上蘸点儿水,一刀切下来,糕平刀净,而且分量一点儿不差(和后来张秉贵师傅卖糖"一把准"的意思一样)。卖羊头肉,更是得讲究刀工,过去竹枝词说:十月燕京冷朔风,羊头上市味无穷,盐花撒得如雪飞,薄薄切成与纸同。那切得纸一样薄的羊头肉,真得是功夫才行。粉碎"四人帮"之后的八十年代初,断档多年个体经营的传统小吃又恢复了,在虎坊桥南原23路终点站,摆出卖羊头肉的一个摊子,挂着"白水羊头李家"的牌子,一位老头,切——其实准确应该叫片,片得那羊头肉真的是飞快,唰唰飞出的肉片跟纸一样地薄。每天下午五点钟左右,摊子摆出来,正是下班放学时间,围着观看的人很多,老头刀上的功夫,跟表演一样,让老头卖的羊头肉不胫而走。

八根绳,说的是拴起一副挑子,就能够走街串巷了,入门简单,便很快普及,成了当时居住在牛街贫苦回民的一种生存方式。所以,最早北京小吃是摊子,是走街串巷地吆喝着卖,有了门脸儿,有了门框胡同的小吃街,都是后来民国之初的事了。

回民自身的干净,讲究卫生,更是当时强于汉人的方面,赢得了人们的放心和信任。过去老北京人买东西,经常会嘱咐我们孩子:买清真的呀,不是清真的不要啊! 在某种程度上,清真和卫生对仗工整,成了卫生的代名词。

北京小吃,就是这样在岁月的变迁中慢慢地蔓延开来,不仅深入寻常百姓之中,也打进红墙之内的宫廷,成为御膳单的内容之一。可以这样说,北京的名小吃,现在还在活跃着的爆肚冯、羊头马、年糕杨、馅饼周、奶酪魏、豆腐脑白……几乎全是回民创制的。民国时期和建国初期,北京最有名的小吃一条街——大栅栏里的门框胡同,有很多来自牛街的回民,有统计说,那时候全北京卖小吃的一半以上,都是来自牛街。开在天桥的爆肚满的掌柜石昆生,就是牛街清真寺里的阿訇石昆宾的大哥。北京小吃，真的是树连树，根连根，打断了骨头连着筋，和牛街，和清真，分也分不开。

这样一掬根儿，会发现北京小吃，即使现在有些落伍，还真是不可小视的，它的根很深呢。懂得了它的历史，才好珍惜它，挖掘并发扬它的传统优势。同时，也才会体味到，别看北京古老，真正属于北京自己的东西，除了藏在周口店的北京猿人的头盖骨，其实并不多，基本都是从外面传进来的，有了开放的姿态和心理，才有北京的小吃，也才能够形成北京的性格。

南京的吃

◎叶兆言

一

在我的周围,聚集着一大帮定居南京,却并非在这里长大的准南京人。他们都是因为自己的出息和能耐,从全国各地尤其是江苏各地到南京来定居,成为南京的荣誉公民。和他们一起谈到吃,谈到南京的吃,无不义愤填膺,无不嗤之以鼻。南京的吃,在这些南京的外地人眼里,十分糟糕。

作为土生土长的南京人,我感到害臊。我不是一个善辩的人,而且实事求是地说,南京现在的吃,实在不怎么样。事实总是胜于雄辩,我也没必要打肿脸充胖子,硬跳出来,为南京的吃辩护。承认也好,不承认也好,反正南京的吃,从来也没有像现在这么差劲、这么昂贵、这么不值得一提过。记忆中南京的吃,完全不应该是现在这样。

今年暮春,有机会去苏北的高邮,自然要品味当地的美食佳肴。八年前,高邮的吃,仿佛汪曾祺先生的小说,曾给我留下了深刻的印象。在此之前,给我留下深刻印象的,是扬州的吃。当时的印象,扬州人比南京人会吃,高邮人又比扬州人会吃。就是到了今日,我这种观点仍然不变。然而感到遗憾的,

食

是今天的高邮和往日相比,也就这么短短的几年,水准已经下降了许多,而扬州更糟糕。

高邮只是扬州属下的一个小县城,扬州似乎又归南京管辖,于是一个极简单的结论就得出来,这就是越往下走,离大城市越远,越讲究吃。换句话说,越往小地方去,好吃的东西就越多,品尝美味的可能性就越大。这种简单化的结论,肯定会得到城市沙文主义者的抨击,首先南京人自己就不会认同,比南京大的城市也不愿意答应。北京人是不会服气的,尽管北京的吃的确比南京还糟糕,在南京请北京的朋友上馆子,他们很少会对南京的菜肴进行挑剔,但是指着北京人的鼻子硬说他不懂得吃,他非跟你急不可。至于上海人和广州人,他们本来就比今天的南京人会吃,跟他们说这个道理,那是找不自在。

还是换一个角度来谈吃。城市越大,越容易丧失掉优秀的吃的传统。吃首先应该是一个传统,没有这个传统无从谈吃,没有这个传统也不可能会有品位。吃不仅仅是为了尝鲜,吃还可以怀旧。广州人和上海人没必要跟南京人赌气,比谁更讲究吃、更懂得吃的真谛。他们应该跟过去的老广州和老上海相比较。虽然现在的馆子越来越多,档次越来越豪华,可是我们不得不老老实实地承认,我们吃的水平已经越来越糟糕。我们正面临着一个吃的水平普遍退化的问题。

历史上南京的吃,绝不比扬州逊色,同样扬州也绝不会比高邮差。这些年出现的这种水平颠倒,最重要的原因,是大城市们以太快的速度,火烧火燎地丧失了在吃方面的优秀传统。城门失火,殃及池鱼,用不了太久,在小城市里怕是也很难吃到什么好东西了。

二

说南京人不讲究吃,真是冤枉南京人。当年夫子庙的一家茶楼上,迎面壁上有一副对联:

> 近夫子之居,食不厌精,脍不厌细;
>
> 傍秦淮左岸,与花长好,与月同圆。

这副对联非常传神地写出了南京人的闲适,也形象地找到了南京人没出息的根源。传统的南京人,永远是一群会享受的人。这种享乐之风造就了六朝金粉,促进了秦淮河文化的繁荣,自然也附带了一次次的亡国。唐朝杜牧只是在"夜泊秦淮近酒家"之后,才会有感歌女"隔江犹唱后庭花"。《儒林外史》中记载,秦淮两岸酒家昼夜经营,"每天五鼓开张营业,直至夜晚三更方才停止"。由此可见,只要是没什么战乱,南京人口袋里只要有些钱,一个个都是能吃会喝的好手。在那些歌舞升平的日子里,南京酒肆林立,食店栉比,实在是馋嘴人的天下。难怪清朝的袁枚写诗之余,会在这里一本正经地撰写"随园食单"。

南京人在历史上真是太讲究吃了。会吃在六朝古都这块地盘上,从来就是一件雅事和乐事。饕餮之徒,谈起吃的掌故,如数家珍。这种对吃持一种玩赏态度的传统,直到解放后,仍然被顽强地保持着。南京大学中文系的名教授胡小石先生,就是著名的美食家,多少年来,南京大三元、六华春的招牌都是他老人家的手笔。胡先生是近代闻名遐迩的大学者、大书法家,可是因为他老人家嘴馋,那些开饭馆酒家的老板,只要把菜做好做绝，想得到胡先生的字并不难。

　　过去的名人往往以会吃为自豪。譬如"胡先生豆腐"，据说就是因为胡小石先生爱吃，而成为店家招揽顾客的拿手菜。南京吃的传统，好就好在兼收并蓄，爱创新而不守旧，爱尝鲜又爱怀古，对各地的名菜佳肴，都能品味，都能得其意而忘其形。因此南京才是真正应该出博大精深的美食家的地方。南京人不像四川湖南等地那样固执，没有辣就没有胃口，也不像苏南人那样，有了辣就没办法下筷。南京人深得中庸之道，在品滋味时，没有地方主义的思想在作怪。南京人总是非常虚心，非常认真地琢磨每一道名菜的真实含义。要吃就吃出个名堂来，要吃就吃出品位。南京人难免附庸风雅的嫌疑，太爱尝鲜，太爱吃没吃过的，太爱吃名气大的，一句话，南京人嘴馋，馋得十分纯粹。

　　南京曾是食客的天下，那些老饕们总是找各种名目，狠狠地大撮一顿。湘人谭延闿在南京当行政院长时，曾以一百二十元一席的粤菜，往六首山致祭清道人李瑞清。醉翁之意不在酒，谭延闿设豪筵祭清道人，与祭者当然都是诗人名士加上馋嘴，此项活动的高潮不是祭，而是祭过之后的活人大饱口福。当时一石米也不过才八块钱。一百二十元一桌的酒席如何了得！都是一些能吃会吃的食客，其场面何等壮观。清道人李瑞清是胡小石的恩师，清末民初，学术界、教育界无不知清道人之名，其书法作品更是声震海内外。有趣的是，清道人不仅是饱学之士，而且是著名的馋嘴，非常会吃能吃，且能亲手下厨，因此他调教出来的徒子徒孙，一个个也都是饱学而兼馋嘴之士，譬如胡小石先生。我生也晚，虽然在胡先生执教的中文系读了七年书，无缘见到胡先生，但是却有缘和胡的弟子吴伯匋教授一起上过馆子，吴不仅在戏曲研究方面很有成就，也是我有幸见过的最会吃的老先生。

历史上的南京，可以找到许多像祭清道人这样的"雅皮士"之举。在南京，会吃不是丢人的事情，相反，不会吃，反而显得没情调。据说蒋委员长就不怎么会吃，我曾听一位侍候过他的老人说过，蒋因为牙不好，只爱吃软烂的食物，他喜欢吃的菜中，只有宁波"大汤黄鱼"有些品味。与蒋相比，汪精卫便有情趣得多。譬如马祥兴的名菜"美人肝"就曾深得汪的喜爱，汪在南京当大汉奸的时候，常深更半夜以荣宝斋小笺，自书"汪公馆点菜，军警一律放行"字样，派汽车去买"美人肝"回来大快朵颐。

其实"美人肝"本身并不是什么了不得的东西，只是鸭子的胰脏，南京的土语叫"胰子白"。在传统的清真菜中，这玩意一直派不上什么用场，可是马祥兴的名厨化腐朽为神奇，使这道菜大放异彩，一跃为名菜之冠。当然，"美人肝"的制作绝非易事，不说一鸭一胰，做一小盘得四五十只鸭子，就说那火候，就讲究得不能再讲究，火候不足软而不酥，火候太过皮而不嫩，能把这道菜伺候好的，非名厨不可。

三

如果仅仅以为南京的吃，在历史上，只是为那些名人大腕服务，就大错特错。名人常常只能是带一个头，煽风点火推波助澜，人民群众才是真正推动历史的动力。南京的吃，所以值得写一写，不是因为有几位名人会吃，而是因为南京这地方有广泛的会吃的群众基础。民以食为天，饮食文化，只有在普及的基础上,才可能提高,只有得到人民群众的积极参与,才会发展。南京的吃,在历史上所以能辉煌,究其根本,是因为有人能认真地做,有人能认真地吃。天底下怕就怕认真二字。

一般人概念中,吃总是在闹市,其实这是一个大大的误会。今日闹市的吃,和过去相比,错就错在吃已经沦为一种附带的东西。吃已经不仅仅是吃了。吃不是人们来到闹市的首要目的。吃变得越来越不纯粹,这是人们的美食水准大大下降的重要原因。繁忙的闹市中,当人们为购物已经精疲力竭的时候,最理想的食物,是简单省事的快餐,因此快餐文化很快风行起来。

吃不纯粹还表现在太多的请客,无论是公款请客,还是个人掏腰包放血,吃本身都退居到第二位。出于各种目的的请客,已经使得上馆子失去了审美的趣味。吃成了交际的手段,成为一种别有用心的投资和回报,吃因此也变得庸俗不堪。吃不纯粹造成了一系列的恶性循环,消费者不是为了吃而破费,经营者也就没必要在吃上面痛下功夫,于是不得不光想着如何赚钱。

马祥兴是在一九五八年以后,才从偏僻的中华门外,迁往今日的闹市鼓楼。它的黄金时代,大有一去不复返之势。人们感到疑惑不解的,是它并不因为迁居闹市后,就再造昔日的辉煌。马祥兴现在已经很难成为话题,天天有那么多的人,从它身边走过,但是人们甚至都懒得看它一眼。世态炎凉,此一时,彼一时,往事真不堪回首。

想当年的马祥兴,酒香不怕巷子深,也没有什么了不得的装潢,也不成天在报纸上做广告,生意却始终那么火爆。到这里来享受的,不仅仅有那些达官贵人,身着短衫的贩夫走卒也坐在这里,和显赫们一样一杯接一杯地喝酒。人们大老远地到这里来,目的非常纯粹,是想吃和爱吃,就冲着马祥兴的牌子,就为了来这里吃蛋烧卖,就为了来这里吃凤尾虾、吃烩鸭舌掌。"美人肝"贵了些,不吃也罢。

南京吃的价格,从来没有像今天这么昂贵,这么不合理。南京今天的餐饮费绝对高于广州和上海,而南京人的收入,却远不能和这两个地方的人相比。想当年,大三元的红烧鲍翅,只卖 2.5 元,陈皮鸭掌更便宜,只要八角。抗战前夕的新街口附近的瘦西湖食堂,四冷盘四热炒五大件的一桌宴席,才五元钱。人们去奇芳阁喝茶、聊天,肚子饿了,花五分钱就可以吃一份干丝,花七分钱,可以吃大碗面条。卖酱牛肉的,带着小刀砧板,切了极薄的片,用新摘下来的荷叶托着递给你,那价格便宜得简直不值一提。

就是在七十年代末八十年代初,在四川酒家聚一聚,有个十块钱已经很过瘾。那时候的人,在吃之外,不像今天这样有许多别的消费,人们口袋里不多的钱,大啖一顿往往绰绰有余。吃于是变得严肃认真,既简单也很有品位,人们为了吃而吃,越吃越精。

今日之人,很难再为吃下过多的功夫。和过去比较,大家生活富裕了,吃似乎不再成为问题。不成问题,却又成了新的问题。今日的吃动辄吃装潢,吃档次,吃人情,吃公款,吃奖金,吃奇吃怪,唯一遗憾的就是吃不到滋味。但是人们上馆子终极的目的,还是应该为了吃滋味,否则南京的吃永远辉煌不了。事实上,南京今日的吃,已得到了狠狠的惩罚。我住在热闹的湖南路附近,晚上散步时,屡屡看见一排一排的馆子灯火辉煌,迎宾小姐脸色尴尬地站在门口,客人却见不到一位。如

南
京
的
吃

155

果开馆子的人,仅仅是想算计别人口袋里的钱,人们便可以毫不犹豫地拒绝。真以为南京人不懂得吃,实在太蠢了。

忘不了小时候的事,二十多年前,我住的那条巷口有卖小馄饨的,小小的一个门面,一大锅骨头汤,长年累月地在那煮着,那馄饨的滋味自然透鲜。当年南京这样普通却非常可口的小吃,真不知有多少,今天说起来都忍不住流口水。

冬天的吃

◎叶兆言

冬天的吃，首先图个热闹。记得看过的一则笑话，晚清时中国去外国的大使，因为是土包子似的士大夫，不知道外国的事，有不懂的地方，也不好意思问。见角落里放着一个搪瓷高脚痰盂，花花绿绿煞是好看，想外国人真不懂得爱惜，这么好的宝贝竟然胡乱放，于是不声不响地藏于壁柜。

到了过年的时候，每逢佳节倍思亲，大使放洋在外，只好在国外吃年夜饭。忽然想到要吃一品锅，便关照厨子。厨子做好了一品锅，找不到合适的容器盛，大使立刻想到了藏在壁柜里的高脚痰盂。

按惯例，当时在国外的大使馆，都要雇一些外国女佣。大使人在国外，天高皇帝远，思想解放了许多，当然也可能是那蓝眼金发的女佣，长得非常漂亮，所谓秀色可餐。大使一时性起，顾不得周礼了，邀请洋女佣一起吃中国的年夜饭，女佣一看高脚痰盂被搬上了桌子，连忙用手捂着嘴笑。

冬天的吃，离开了热闹便显得无趣。烧一锅热气腾腾的汤，一家人围着下筷，这是冬天里最富人情味的一个画面。冬天里的吃，有人哈哈大笑会显得更热闹，最忌一个人冷冷清清地独酌。一个人喝酒，应该到春天的阳光下去喝，到秋天的月亮底下去喝，到一望无际的大海边去喝。

冬天里的吃定要热闹,三五好友聚在一起涮火锅,划拳喝酒,开始的时候是严寒冬天,等到快喝完,仿佛已进入到了温暖的春季。中国的火锅真是好东西,不一定要涮,乱七八糟的东西,名贵的不名贵的,放一起煮就是了。各式各样的味搅和在一起,趁热吃,就觉得好吃,吃了还想吃。

冬天的吃,是真正的俗世里的吃。一家人聚齐了,吃之前热闹,吃的时候热闹,吃完了还是热闹。冬天的吃应该永远有一种家庭气氛,不像平时,谁饿了谁先吃,吃完了就走人。冬天的菜说冷就冷,大家非得一起动手才行。冬天里催小孩吃饭的名言就是:"快来吃,要不全冷了。"冬天的特征就是冷,因此冬天的吃,永远是和冷这个敌人做斗争。

战胜冬天的法宝是热是闹,热气腾腾,人多势众,这是冬天里的人和自然最和谐的关系。冬天去馆子里吃饭,最好不要去找那种暖气开得太足的饭馆。饭馆已经为你事先消灭了冬天,人一进去,仿佛进了蒸汽笼子,忙不迭地脱衣服,脱得你恨不得穿衬衣,穿棉毛衫。饭馆里没有冬天,再好的菜,也没有了冬天特有的聚餐气氛和韵味。

冬天的吃,本来就是一种极好的享受,很冒昧地把它给丢弃了,这太可惜。

西部主义·羊肉泡馍

◎于坚

在西安的时候,我带着一位澳大利亚的朋友去吃羊肉泡馍,进得店,坐下,几个白生生的馍就端上来,说时迟那时快,老外已经捉住一馍,咬将下去,赶紧叫道,吃不得呢哥哥,是生的,只好停下来。无论在路上如何心急火燎地紧赶慢赶,从高速公路来,坐喷气式飞机来,但进了羊肉泡馍店,你就必须按照古老的时间,慢下来,而且越慢呢,你那碗羊肉泡馍才越吃得到位。先是要去把手洗干净,然后坐下来,品口茶,再细细地把馍掰碎,约莫一刻钟,才由伙计把掰好的碎馍收去,过时十多分钟,才端回,才是吃的时候。如果急着吃,把馍掰得大块大块的,还是吃不稳,也勉强吃吧,后来发现再热的羊肉汤也泡不软,咬到核心,还是夹生。所以一定要慢下来,慢下来,要漫不经心地掰,把馍一点点掰到花生米大小,要东张西望,百无聊赖,可以想点自己的心事,中国的思想就是在这种时候出现的,掰馍的时候,嗑瓜子的时候,上厕所的时候,对着梅花发呆的时候,而不是罗丹大师雕塑的那个"思想者"一本正经的架势。莫去想火车开车的时间,也莫去担心停在外面的私家汽车,要心如死灰,要像茶叶一样慢慢往茶杯底沉下去,要慢到看见从窗子里投进来的日影如何探着猫须,从凉菜碟爬到了茶杯盖附近。这时候你的馍就掰好了,刚才一张硬馍,现

在蓬松松地成了一大碗,松了,解放了,面团像棉花一样一朵
朵开放着,身上的汗也凉了,心也静了,富贵或者贫贱,也成浮
云了,外面等着的什么,也忘得一干二净了。于是伙计躬身上
来,把你的馍端走,留给你一个牌,五号,谁掰的馍就是谁掰的
馍,绝不会混为一谈,端下去是你的那碗,抬回来还是你的那
碗。都说羊肉泡馍了得,其实味道如何,只有自己心里有数。
一个老西安掰的馍与外地人掰的馍是完全不同的,心里挂着
迟到要扣工资的白领与无所事事、吃饱了馍要去碑林看刻着
黄庭坚手迹的那块石头的老李掰的馍有天壤之别。口感的层
次完全不同,都说好吃,但体验的绝不是同一个标准的好。与
麦当劳卖的馍不同,那里的馍都是一样的,计算好了的,配方、
火候、时间长短,放在纽约的马嘴里与北京的牛嘴里并没有什
么不同。掰馍的耐心还在于,有人肚子小,只掰一个就够了,
你肚子大,要掰两个,人家的都掰好了,端走又端回来,并且呼
哧呼哧,酣畅淋漓起来了,你要视而不见,目中无人,继续掰你
的,还要更慢些,让那个埋头猛喝的忽然觉得他的速度有辱斯
文,有早泄之嫌。比快容易,比慢就难了。西安有一家百年老
店,什么都不做,就做一块钱一个的馍。太慢了,四代人下来,
就做了一个馍。我以为是什么了不起的地方,找去,不过是在
一条脏乱差的小街上,夹在肉夹馍店和炒货店之间的一条黑
糊糊的缝里,门口支着炉子,而且还过了中午十二点就不卖
了。西安有一个出租汽车司机,吃这家的馍已经吃了四十年,
还要吃下去。终于,掰好的馍被伙计端进去了,搞一搞,他们
在后面搞什么,你不必操心,那是一个家族的秘方,味道、信
用、尊严、牛B、什么什么的少许和灵感。少顷,再端回来,已
经是热腾腾、黏糊糊、摊着羊肉红椒什么的一碗。就提起筷子

要动手,慢着,先剥个蒜,再兑点醋,然后呢,想怎么整怎么整,但还是要慢些,烫得很,要慢慢品味,味道是沁出来的,不是一嘴咬出来的。

我把从长安传到西安的羊肉泡馍看成日常生活中的一个"慢的仪式",此类的仪式组成了昔日中国社会日常生活的基础,在中国,生活的意义就是现在、此时此地,羊肉泡馍的仪式就是体验感受人生的过程。当你掰着馍的时候,你就像一个农民在收获、劳动,意识到你的手和身体(天天吃羊肉泡馍的,甚至要把自己的手指掰到肿、掰出老茧),意识到面粉,而不只是食物的名称,你重新意识到粮食,以及那些大地上的耕作者,因为吃到嘴是这么慢,这么费力,你会珍惜和敬畏。

在西方,生活的方向是前面、远方,麦当劳的吃法,是为了让你赶路,麦当劳怎么吃也是维生素的意思。馍的意思却是,这就是生活的味道。为什么中国把吃吃成了"味的道",因为对存在的理解不同。今日西方那些最前卫的智慧倒是已经有些要慢下来的意思,前几日看米兰·昆德拉的小说《慢》,他写道:"跑步的人与摩托车手相反,身上总有自己的存在,总是不得不想到水泡和喘气,当他跑步时,他感到自己的体重、年纪,就比任何时候都意识到自身与时间。"他的说法颇有魏晋的风度,嵇康、阮籍者流骑在马上还嫌快,要坐在牛车上看风景。在当下中国这可不是什么前卫,而是"需要抛弃的传统思想"。

2003 年 8 月 30 日

食

论猪脚

◎焦桐

　　黄信介刚出狱时,我在报上看到他,含笑在家里吃一大碗猪脚面线,他的筷子夹起面线,面对着摄影镜头微笑,那笑容背后透露着深刻的沧桑,那碗猪脚面线,饱含了苦尽甘来的滋味。不知什么道理,台湾人咸信,吃猪脚面线可祛除晦运。有一次我太太去烫发,被粗心的店员烫伤了脸和肩膀,对方最后竟端出一碗猪脚面线来消灾解厄。消解谁的灾厄?这种赔罪方式很滑稽,也很无理,却顺利帮那家美容院渡过难关,猪脚加面线,相当于歉意加人情,功能不可小觑。

　　可惜猪脚并不能为自己消解灾厄。口蹄疫流行期间,我颇为沮丧,起初,我不很明白有什么好沮丧,只是不吃猪肉罢了;后来明白了,害我们伤心的不是猪肉,是猪脚。没有猪肉,生活照样过,影响不大;没有猪脚,日子就显得有点艰难。

　　除了消灾解厄,猪脚还带着祝福的意思。简媜二十岁生日时,简妈妈卤了一锅猪脚,从宜兰搭火车提到台大宿舍,要为女儿"做二十岁",简媜不在,简妈妈就站在外面等女儿回宿舍……我一直忘记问简媜,究竟如何消化那锅猪脚?我想象那锅猪脚的热度和口感,越想越动容。

　　台湾人善烹猪脚,不过制作猪脚先得具备起码的清洁,草率的猪贩没耐心拔除猪毛,往往用火烤掉表皮上的毛;懒惰的厨师也随便冲洗即算搞定。我们面对一只毛茸茸的猪脚，如同面对一个公然贪赃枉法的政客，嫌恶唯恐不及，怎么可能爱上它？

除了不能毛手毛脚，烧出来最好还能光鲜亮丽，这就需要耐性，跟苏东坡提示的"慢着火"一样，小心呵护、疼惜，千万焦躁不得。我岳母擅烹蹄膀，正宗客家口味。她的做法是先将处理干净的蹄膀加蒜头和八角，浸泡在米酒、酱油里半小时，加入烫过的笋干再蒸熟。一般人蒸烧圆蹄，习惯搭配青江菜，大概是考虑到色泽；笋干吸收了蹄膀的油腻，本身也蕴藏着美味，耐于咀嚼，确是更美丽的组合。

蹄膀尤其指猪后蹄靠上肢的一段，我总嫌它精则太精，肥则过肥，缺乏调和，像各种信仰、主义的基本教义派；我偏爱中段和脚蹄。然则袁枚说加酒、秋油隔水清蒸的蹄膀，号称"神仙肉"，可见蹄膀的美味自古流传，靠的是调和鼎鼐的手段。我始终不明白，袁枚常说的"秋油"究系何物？请教逯耀东教授，他说就是酱油。

烧蹄膀是南方的发明，江浙一带用沙锅炖蹄膀，常辅以金华火腿，取名"金银蹄膀"，是一道讨吉利的宴席大菜，《红楼梦》第十六回，熙凤屋里的火腿炖肘子，就是标准的江浙烧法；"肘子"乃北语，即南方话的"蹄膀"。如果以铁锅烧煮，火不能猛烈，尤其是蹄膀与锅的接触面，是一个盲点，得随时纠正，分寸调整。林文月在《饮膳札记》里也指出，焖烧蹄膀须随时提高警觉，不要离开厨房，因为"有酱油、冰糖等佐料，所以一不小心容易烧焦。不过，微微烧焦的蹄膀，有时因其十分入味，反而有特别的焦香效果"。

带着轻度的焦香，又没有真正地烧焦，使蹄膀处于一种临界状态，这时候，危机即是转机，不能蹉跎，就像睿智的政治家高明的手腕，精准控制火候，让冰糖、酱油、蒜、葱、姜各种势力快乐地融合，而不是悲情地对抗。一只烧得好的猪脚，宛如高尚的情操，会产生令人窒息的敬意。我们通过换喻，台湾的政客太缺乏猪脚文化了，每次"选举"都拼尽全力挑起族群、省籍情绪，他们多蠢得要命，又太耽溺焦香般的选票，将一锅可能的好肉弄苦弄腥，却不负责任地离去。

蹄膀最美味的部位是最容易烧焦的皮。"天坛"烹蹄膀颇富想象力——将苹果打成泥，送进窑内慢煨六小时，出窑时，果酸已成就了蹄膀的色泽和口感，整个圆蹄像一颗熟透的大苹果，外皮红嫩，内里澄白，搭配青菜、红萝卜球，很是好看，充分勾引食欲。

我吃猪脚的资历尚浅，闻名已久的广东"白云猪手"和大荔"带把肘子"还无缘尝试。从前我总觉得白煮和清蒸猪脚的颜色太苍白，有碍食欲。改善办法，除了烧烤，腌渍也不错，清人朱彝尊《食宪鸿秘》记载了五种猪脚的烧法，"煮熏踵蹄"、"酱蹄"、"冻肉"、"百果蹄"、"蹄卷"，其中两种就属腌制。酱蹄的做法甚至讲究了季节，"十一月中取三斤重猪腿，先将盐腌三四日，取出，用好酱涂满，以石压之，隔三四日翻一转，约酱二十日，取出，揩净，挂有风无日处两月，可供洗净、蒸熟，俟冷切片用"，做法容易理解，我不明白何以选择十一月中？至于蹄卷的做法是"腌鲜蹄各半，俟半熟去骨，合卷麻线，扎紧，煮极烂，冷切用"。

延吉街"翠满园"餐厅腌渍蒸猪脚改变了我对蒸猪脚的偏见——先腌渍一星期，再蒸两三个小时，使猪脚有了含蓄的咸味，皮和肥肉饱满弹性，瘦肉交错着经络，很有咬劲；色泽如胭脂,透露着诱人的香气,那香气又带着一种木讷性格,不浮夸,不炫耀,只有在咀嚼时,沉稳地散发出来。有意思的是蘸猪脚的柠檬酸酱,融合了南洋风味,可惜不如马来西亚流行的酸柑酱,建议翠满园在柠檬酸酱里添加一点点蜂蜜,料应可以丰富蘸酱的层次。

用黄豆烧猪脚的创意不知源自何处。黄豆的气味尤其能表现猪脚,由于黄豆吸收了猪脚的油腻,使猪脚产生腴润而清爽的嚼感,黄豆本身也因此十分下饭。每次我独自在福华饭店附近混,总喜欢到"忠南饭馆"点一客蹄花黄豆。忠南饭馆卖的是客饭,饭、汤、茶资不计,经济实惠,却丝毫无损猪脚的品质,家常口味,展现的是老师傅手艺。

吃饱了,撑着大肚皮,散步于林荫道上,依靠在旁边的露天咖啡座,啜饮咖啡,观赏来往的行人和车辆,想一些心事,竟有置身海外的错觉。大约,旅行异地无非就是借变换空间来变换生活节奏,我们在变换生活节奏的同时,也变换了观看事物的角度,乃产生了陌生感和遥远感。也许我们的生活太缺乏一块猪脚的提醒了,提醒我们慢慢咀嚼,慢慢散步,坐下来,观看周遭仿佛熟悉实则陌生的事物。

我刚到报社编副刊时,餐厅经营甚佳,菜色不多却味美价廉,其中就有一道蹄花黄豆,我几乎每天都吃。记得初次吃饭,还接受刘克襄的饭票招待。我怀念有蹄花黄豆的旧时光,和那些一起端着餐盘排队打菜的同事,张大春、阿盛、宋碧云、林宜沄……后来餐厅数度被迫易主,每况愈下,起初我犹不甚了解,何以周遭怏怏不乐者居多,后来恍然大悟,问题可能出在餐厅。好吃的猪脚离开了,剩下一堆难吃的菜,谁吃了都会自暴自弃,上班哪还有笑容?人生短促,只要一口气在,总要有点格调，有点骨气，平常我宁愿饿到半死也不肯靠近餐厅。

关于猪脚，我较喜卤、烤两种做法，一方面是色泽迷人，二方面是料理过程中不断飘散的香味，诱引嗅觉告诉味觉，味觉告诉知觉，各种审美快感愉悦地相激相荡。我曾经喜爱永和"阿水狮猪脚大王"的卤猪脚，一进门，就撞见几个卤猪脚的大瓮，年久乌黑的陶瓮，沾满不曾刷洗的卤汁，强调出一种古代感和黏稠感。那猪脚显然久焖在瓮里，肉质润而且滑，筷子所到，骨肉立分，入口即化；可惜阿水狮的猪脚并不耐久吃，偏咸的味道压抑了香气，卤得太烂也局限它仅适合热食。

真正卤得高明的猪脚，热食冷食皆宜。我尝过的卤猪脚以南京东路"富霸王"和万峦"海鸿饭店"为极品，两家的卤猪脚都甜咸适度，不能再咸一分，也不能再甜一点点。富霸王的卤猪脚令我迷惑，卤制过程究竟有什么诀窍？古人用陈皮、红枣、葱、辣椒、酒、冰糖、酱油佐制猪脚大约是最基本的提味，大致为今人所遵循；《随园食单》记载猪脚做法中有以虾米煎汤代水，加酒慢煨的办法倒颇富创意，我在家里试了几次，风味很好，却试不出富霸王那种口感——火候控制精准，口感正好，丝毫不见韧性，也无熟烂感。吃富霸王的猪脚仿佛跟少年时代的好朋友喝酒谈笑，没有装饰，没有心机，也不必讲究礼貌；那香味，是猪脚本身卤制出的香味，质朴而纯粹，一入嘴就在口腔里煽风点火，鼓荡出食欲的群众运动。我坐在店里吃，都不免口舌冲动，心想，明天，明天再减肥吧。

海鸿饭店的猪脚最不油腻，除了一律采用前脚，并经过氽烫、冷藏的制作程序，再以特殊酱料和中药卤熟，冷却后切片。切片是为了方便食用，也为了蘸自制的蒜蓉佐酱，佐酱和猪脚结合得很是愉悦，富弹性的肉、蒜香的酱，缠绵在唇齿之间。

海鸿饭店的猪脚是我们台湾值得骄傲的土产，它结合了我的旅行经验，每次我去都外带，带到垦丁公园，在山海之间野餐；回程再去外带，带更多回家储存在冰箱里，慢慢享用，仔细追忆旅途的滋味。

我恐怕太贪吃了，从前感觉一个月比一个月胖，后来觉得一天比一天胖，现在竟发现一餐比一餐胖，悲哀的是，这些都是真的。去年，太太使用激烈的手段对付——送我去断食营。

断食营为期三天，在关渡"枫丹白露"社区，我将行囊放进房间，打开窗，闻到一阵又一阵飘过来的肉香，不晓得是哪户人家正在卤猪脚，那气味是一种沛然莫之能御的力量，一种坚定的信念，循精准的方向，直接命中我的嗅觉器官，激起洪水般的食欲。

我究竟做错了什么，被送来这里挨饿？连续两餐没吃固体食物了，如今闻到卤猪脚的气味，从气味知道那肉汤里有葱、蒜、八角，已经卤透了，生平所闻最残酷的气味正折磨着我的精神意志。教元极舞的老师带领跳舞，试图让大家忘记饥饿，我边做边东张西望，李昂、施淑都住在这社区，我害怕被她们瞧见一个贪吃鬼挨着饿做一些状似愚蠢的动作。我做错了什么？那卤猪脚的气味在我的思维里汹涌澎湃。那天深夜，我趁人家不注意时，落荒逃离断食营。

我常吃的烤猪脚是配酸菜的德式吃法。温州街"黑森林"的德国猪脚在朋友中略有口碑，最好吃的其实是蛋糕。我去了几回，猪脚的火候把握堪称适度，可惜腌得过咸，肥肉部分又会黏牙，缺乏弹性和香味。在黑森林吃猪脚配全麦黑面包、德国啤酒，颇有地域、民族风味；然而必须有大肚量才能吃完一份德国猪脚特餐，我所谓的肚量兼指对猪脚品质的宽容。

信义路"欧美厨房"的德国猪脚也标榜正宗烧法，却相对稍微高明，它的皮最具特色，烤得又酥又脆，带着一种炸去脂肪的油渣香，不论蘸酸菜或芥末，都很富嚼劲；不过它的猪脚仍不免黏牙。为什么要拘泥德式烧法和吃法呢？

罗斯福路"天然台湘菜馆"的烤猪脚先以中药材腌渍过，烤出来皮色鲜亮，咀嚼起来不黏不滞，有特殊的香味，加上配凤梨、腌黄瓜吃，更富巧思，连骨头都想咬下去。奇怪，天然台的口味一向甚重，这道烤猪脚竟不愠不火，丝毫不见湖南骡子脾气。

可见烤猪脚跟搞政治一样，要知所变通，保持弹性、圆滑和柔软，最怕僵化的意识形态，最怕拘泥形式和基本教义。长相俊丑不要紧，外来的或本土的也统统不要紧；要紧的是动作不能粗鲁，可口才重要，创意和想象才重要。

"天坛"烧烤猪脚就知所变通——先用西班牙红酒腌三天，再以天然植物调味，用他们标榜的龙窑灶窑烤，切片端上桌，由于腌料充分浸透，烘烤后保留了水分，皮肉俱表现出鲜嫩、多汁、弹牙的质感，很有个性。天坛的烤猪脚要跟蘸料、饮料一起看待才算完整，蘸料有粉、酱两种，前者综合了辣椒粉、芝麻、花生粉和花椒粉，经炭火烘成；后者用蜂蜜、醋、辣椒酱调制，颇有南洋风味。两种蘸料如音乐伴奏，合力演出主题。此外，他们自制的腌梅和梅茶，用来配猪脚吃，甘润爽口，冲淡猪脚的油腻，也能帮助消化，体贴我们的肠胃。

可惜天坛最大的一面墙上挂着一幅很煞风景的字："天赐好酒一坛，愁肠顿化云烟，帝王美食思凡，流传千古舞风。"文句不通已经折磨客人的双眼了，署名"亦斋"的书者竟还落款"书赐天坛主人"，口气之大简直像清宫里的老佛爷，不知何以还挂在墙上影响客人的食欲？其实天坛自己生产的陶瓷颇为美观，不妨也烧制一点壁饰，以取代不三不四的毛笔字，并呼应店内典雅的摆设。

我难忘在慕尼黑豪夫布劳豪斯(Hofbrauhaus)啤酒屋，一九九九年冬天，旅宿慕尼黑的两天，陈玉慧都带我来这里混。这家啤酒餐馆于一五八九年创立时是一家酿酒厂，HB酿酒厂所生产黑啤酒，是王室特别指定饮用的品牌。真是令人快乐的地方啊，卖场气派、宽敞，长条原木椅坐满了红着脸的酒客，一走进门，人声鼎沸，立刻感染到痛快、节庆的气氛，乐队演唱着德国民谣，上千人跟着歌唱跳舞，每一张脸都绽放出喜悦的笑颜，每一张嘴都大口喝啤酒，大块吃德国猪脚，用力抽雪茄烟，酣畅淋漓。充满欢乐的魅力，那魅力四射，感染了每一个饮酒的人，大家都觉得自己魅力无穷，同行的朋友感到旁边的陌生人频频对她抛媚眼，另一个也说对面的德国佬一直对她放电，几口啤酒下肚，不知不觉，她们已跟邻座的陌生人手挽手，随着乐队的节奏摆荡起来。HB的啤酒，只要一杯，就让人模糊掉年龄；HB的猪脚，带着欢乐的滋味。

我咬过最难吃的德国猪脚是新生南路的"骨仓"，干涩、坚硬，了无滋味，要咬这样的猪脚不如去咬皮鞋。猪脚何辜，竟受如此凌辱，如同纳税人遭遇立法院的群魔，有几次我想到那猪脚，惨遭劣厨毒手，不禁泫然泪下。

上帝保佑猪脚。

李渔告诫我们，多吃肉会变得愚蠢，"以肥腻之精液，结而为脂，蔽障胸臆，犹之茅塞其心，使之不复有窍也"。他以虎为例，认为老虎是最愚笨的野兽，原因在于老虎"食肉之外，不食他物，脂腻填胸不能生智"。我自然明白肉食主义有碍人体健

食

康,积习难改,运动量又不足,血脂肪浓度增加,威胁到心脑血管,也许真会影响思考也说不定。虽然如此,我不确定老虎的智商指数,对李渔的说法还是半信半疑,何况,我的食性可能已经积重难返了,如果常常有好猪脚吃,即使会智障,我也义无反顾。

酱豆的滋味

◎刘纪昌

如果把酱豆称作是美味佳肴,不仅别人会笑话,就是我自己也羞于启齿。有几个人会把那黑乎乎的酱豆当做正正经经的菜来看呢?只有我这出身农民没有见过世面的人才会把它当做自己生活的一部分。

酱豆曾经是我生活中的主打菜。我之所以长得像李逵一样五大三粗,皮肤黝黑,很可能与吃了过多的酱豆有关,我经常拿这句话和母亲开玩笑。母亲说,不是吃我的酱豆,你还能长得这么高高大大、人模人样的?我生在六十年代,长在七十年代,在我像麦苗一样拔节成长、急需营养的时候,却不能像现在的孩子又是补钙,又是补维生素。那个时候,和土地打交道的农民自己都吃不上新鲜的蔬菜,因为土地是集体的。尽管每个小队都有一个菜园子,也种一些蔬菜,但只种一些大个子的萝卜和冬瓜,至于韭菜、豆角之类的时令蔬菜,只是偶尔的调剂,一般人是吃不上的。没办法,村民们就只能腌制酱豆作为冬菜。家家户户都腌,大户人家甚至腌两三罐。从我记事起,家里的饭桌上就永远有一碟酱豆。即使家里来了客人,或者是管老师饭的时候,按照接待客人的规矩,照例是要摆四碟菜的,但不管其他几碟是什么菜,最后必有一碟酱豆坐镇。往往是一碟炒鸡蛋,一碟油泼辣椒,再找上一碟时令蔬菜,最后,肯定摆上一盘酱豆。只不过这酱豆是用油炒过的。就是因为用油炒过了,所以那味道之清香,使所有吃过的人都念念不能忘怀。但这种机会毕竟太少了,大部分情况下,都是直接从罐子里掏出来吃,就像现在商场里卖的干黄酱,很咸,味道当然很差。只有兑上一点水或者米醋,或者加上一点生辣椒,尚差强人意。时间长了,天天吃这东西,我觉得我这脸皮都自然而然地变成黑色的了。

当然有许多人对这黑不溜秋的东西早已厌烦。比如那些经常吃派饭的驻村干部,看见桌子上摆上一碟酱豆,就半开玩笑地说:"又把你家的鸡屎端上来了。"这当然是讲笑话。但酱豆无论是颜色还是形状都确实有点像鸡屎。主人往往是一脸的无奈,因为要摆够四碟小菜实在是很不容易,权且拿这一碟鸡屎来凑数。但就是这黑得像鸡屎一样的东西竟然伴随我走过初中,走进高中,伴随着我几年的中学生活。

上初中和高中时,因为离家较远,不可能回家吃饭,学校的食堂又吃不起,只能从家里带上馍馍和菜。所谓馍馍,就是硬邦邦的玉米面窝头,偶尔母亲实在看不过去,蒸窝头的时候就放点咸盐和葱花,以此提高它的口感。而菜呢,没办法,可怜的妈妈只有从她的酱缸里挑出一大碗酱豆。唯一不同的是,加上葱花和辣椒用油炒了一下,算是对孩子的格外照顾。然后装进一个罐头瓶里,就成了我一个礼拜的主菜。那个时候,除了个别家庭条件比较好的学生外,大部分学生都是这个样子。每到开饭时间,学生们赶到开锅前,舀一碗开水,把玉米面窝头泡进去,把罐头瓶往一块一凑,就算开饭了。那窝头一见水,就沉到碗底。我们一边从碗里捞着窝头渣子,一边互相品尝着对方的鸡屎一样的酱豆。一年四季都是如此,很少变化，单调得要死。

为什么大家要互相挑着吃对方的酱豆呢？因为自己家里的那些东西，实在是头疼得无法下口了，都希望从对方的瓶子里发现一点意外的惊喜。因为虽然都是酱豆，其实内容却不大一样，这也和家庭状况有关。有的母亲心细，里面夹着花生豆、蒜蓉，自是别有一番风味。我记得吃得最香的一次，是我最要好的朋友的，因为他哥哥娶了媳妇，办完喜事，他妈就用猪油拌着肉丁给他炒了一大罐酱豆。那肉的香味啊，简直让人失魂落魄。为了那一口香，你让我干什么坏事我都乐意。我们每天就盼着早早下课吃他那非常美味的酱豆，一到开饭，马上就拱到他跟前，你一筷子，他一筷子，本来一个礼拜的东西结果两天就给干掉了。剩下的几天，就只能靠想象和回忆了。在我与酱豆结识的历史上，这应该是最美好的印象。直到我上了大学，离开了故乡，那个像鸡屎一样的东西才从我的饭谱中消失。

上了大学之后，生活一下子变得丰富多彩，真可谓花样翻新，名目繁多。蔬菜多了，肉也多了，过油肉、小酥肉、肉丸子，油水自然大了。然而不知怎么回事，那曾经让我头疼不已的酱豆的味道却像是袅袅轻烟，一缕又一缕在心头盘桓萦绕，挥之不去，招之即来。过去它带给我的所有腻烦、痛苦没有了，都变成了温馨的回忆。

就这样，酱豆再一次进入了我的生活。由于生活条件的改善，每次开学时，我都要母亲给我带一大罐酱豆。妈妈会精心地加上葱花、辣椒、小肉丁，炒得喷喷香，用塑料袋包上，装满一个很大的铁盒子。谁知到了学校，却让同学们抢着吃完了，我自己倒未能吃上几口。同学们都说好吃。当我把这些告诉妈妈时,她高兴得不得了,第二次找了一个更大的罐子,起码有五六斤,坚持着让我带给同学们吃。后来我的几个朋友总是要求我回家时,给他们带妈妈做的酱豆。这下妈妈更来劲了,原来是每年做一罐酱豆,后来就变成了两罐。

做酱豆的具体细节我不是特别清楚,但是我知道很麻烦。首先是要挑选很饱满的大豆作原材料,把它洗净煮熟,然后再晒,再让它发毛,配上面和盐,有的人还加上花生豆、西瓜子等其他材料,再装进瓦罐里晒。晒的时间很长,半年以后香味才能出来。这工作虽然不是太累,但很是操心,得经常翻动,才能使味道均匀。实际上,到了上世纪九十年代,农村的生活已经好起来了,许多人已经不像以前那样再把酱豆当做主菜了,也有好多人不再晒酱豆了。但我的母亲却年年照晒不误,原因是有一个在外工作的儿子,儿子喜欢吃这东西,儿子的朋友喜欢吃这东西,所以妈妈每年都要把这当做一件大事来做。她把对儿子的爱和思念融入每一个具体的细节中,每次翻动酱豆时,她都要长长地吸一口气,闻一闻味道,心里盘算着什么时候儿子回来能给他带上。她还能给儿子什么呢?城里什么都不缺,只有这带着母爱,带着乡情的酱豆才能让儿子在遥远的地方不会感到孤独和寂寞,才能在那浓浓的咸味和香味中思念着故乡和母亲。四十多岁的我,从十三岁就离开了家乡,但那黑黑的酱豆,二十多年了在我的饭桌上基本上没有短缺过。只要一进厨房的门,就能闻见它特有的香味。

后来妈妈病了,半个身子不能动弹,语言表达含混不清,但她坚持指挥着让妹妹们晒上两罐酱豆。妹妹说:"晒这干啥哩?现在谁还吃这东西哩?"妈妈伤心地说:"你哥爱吃,给你哥晒上,多晒一点,要是我不在了,你哥还能吃两年。"在她的一再要求下,妹妹们饱饱地晒了两大罐,妈妈还监督她们经常翻动酱豆罐,保证这酱豆做得像她做的一样好吃。我回去看她,临走的时候,她给我包了好大好大一包,说:"多吃点,妈还活着哩,还能给你晒两年酱豆。妈要是不在了,你就再也吃不上了。"

　　一年前的八月初九,生我养我四十一年的母亲终于离我而去。当我把一切后事办完之后,妹妹告诉我,家里还藏着一罐酱豆,是妈妈留给我的,谁也不能动。我打开那个大大的罐子,里面满满地盛着已经腌制好的酱豆,一股香味扑鼻而来。我好像再次见到了母亲,看见了她正在为我炒酱豆的身影。我转过身,号啕大哭。从那天起,我就再也不吃那曾经很好吃的酱豆了。妈妈为我留下的那罐酱豆,就让它放在那里,让我永远想着它吧。

食

百菜还是白菜好

◎石光华

　　日子又到了冬天,想起原来在四川的许多好朋友,现在都居家在北京,而冬天的北京,最常见的菜,就要算白菜了。记得这十来年中,凡是寒风漫天的时候到北京,都会看见几乎每一家人的门口,全堆满了大白菜,他们告诉我,这是北京人冬天最主要的蔬菜。虽然,现在有了大棚种菜,而且,全国各地的蔬菜也被那些精明的生意人大车大车地运到北京,但是,我知道,大白菜还是北京人在春天来临之前,餐桌上最经常的菜肴。这时的成都,菜市场上,红头根的趴地菠菜、秆粗叶肥的冬寒菜、嫩绿青翠的豌豆苗,还有红白油菜薹、新鲜的冬笋、做回锅肉最地道的香蒜苗、一年中最脆嫩的青皮莴笋、一年中香味最浓的韭黄韭菜,更不用说已经开始上市的第一批蒜薹了……北京大,北京好,但是,吃惯了那么多时令鲜菜的朋友们,面对不得不吃的那么多大白菜,嘴里心里,是否有些寡淡呢?

　　于是,我从计划将写的题目中,把有关白菜的一篇提到前边来写,算是对北京朋友们的一点思念,也算是对朋友们即将打发一个冬天的白菜、对我依然在天府之国的成都欢于口福,表示一种没能和朋友们同甘共苦的歉意。

　　其实,白菜我在成都也常吃,而且,成都的白菜远没有北京的大,没有北京的那样清甜嫩脆。我第一次在成都百年老店"盘餐市"读到"百菜还是白菜好"这句联语时,心中甚是不解。如是北方人这样隆重地推举白菜,还有几分可说之理,毕竟,北京天寒时日多,又少雨水,蔬菜品类自然就少,特别是到了冬天,能放上几十天也不坏的大白菜,理所当然就是人们的宠物了。而这句联语却出在一年四季各类鲜菜不断的成都,出在以腌卤见香、以各色时令小菜为特点的川中名店,确实让当时不甚懂得饮食之道的我,疑惑了很久。那时的我想,蔬菜之中,色香味形比白菜好的,难以胜数,怎么会百菜之状元,就轮到了白菜呢? 说颜色,就那么青中带白,或者白中带青;说滋味,无萝卜之水甜,无苦瓜之清苦,其实,成都平原上生长的蔬菜,任选一种,也比白菜多滋多味。白菜一大窝,一大窝白菜,如此而已。

　　直到现在岁数一大把,做了十几年的饭菜,也南天北地吃了一些东西,有了点饮食的见识,才慢慢明白,"盘餐市"里的联语,是真正领悟了饮食大道的人说出的真见地。正是因为白菜的颜色平淡、无滋无味,正是因为白菜没有什么可与其他蔬菜相比相争的地方,白菜才无碍无挂、洒洒脱脱地,从争奇斗胜的一大堆菜类中自自在在脱颖出来。它不压其他菜类的颜色,所以能和许多蔬菜相容而烹;它没有特殊的滋味,所以能让人们久食而不生厌弃之心;它刚出土时,固然新嫩可喜,放上几天,也绝不会像许多娇嫩的鲜菜那样,匆匆忙忙地就黄了、蔫了、枯了、烂了,它除了表面几片有些倦怠,饱饱满满的心子里,依然全是精神。我用心思想了想,一年中,吃得最多的蔬菜,就是白菜。除了大白菜,还有小白菜秧、佛山白之类,家里常备着白菜,有时回家晚了,没空去菜市买菜,也不愁没有新鲜蔬菜吃。白菜，就像你久处的亲人，平日里，不会多有特别的动心，真要离开了，才会感到那平平淡淡中，永远难舍的温暖和亲切。

细细想来，这个不惹眼、不谀口的白菜，凉拌了吃，炒着吃，入汤中煮了吃，腌着做咸菜吃，或者作配料与其他肉菜合烹着吃，竟然都是合口的好菜。

让白菜去独当一面的菜品，好像并不是很多，醋熘白菜是很有些名头的一种了，当然，这也是极常见、极普通的一种，大凡会做几个菜的，都能从锅里炒出这盘菜来，把它拿到烹艺一道中来正正经经地谈论，实在有些夸张。遗憾的是，我吃了很多馆子里的醋熘白菜，却很少吃到真正爽口爽心的。要么全然没有醋熘的鲜香，要么一盘汤水、尽失白菜的清脆。我知道，这样一份毫不起眼的小菜，是很少有人愿意对它花心思的。小户人家做菜，要在色香味上精益求精的，毕竟很少；而那些头灶二灶上的大师傅，又有多少人肯细细致致地去做一份上不得席面的小菜呢，他们心里装的，全是八大菜系中有头有脸的、拿出来就让人觉得满眼锦绣的名品佳肴，白菜么，随便炒炒吃了就是，说到底，白菜只不过是菜肴世界里的一介草民。然而，我觉得，好官真正该用心血的地方，第一就是草民；好厨师真正的高艺，恰恰应该是在这种平平常常的小菜中体现出来。

在吃食上，我大致是属于醋熘一族，因此，醋熘白菜自然是我的喜爱。选一窝包得紧扎的卷心白，最外面一层的老菜帮子去了不用，如觉得丢了可惜，去了老叶子，菜帮用泡菜水单独泡上一夜，做川人讲的洗澡泡菜，也是开胃下饭的一碟。中间硬朗的菜帮，用刀削掉所有的叶子，横切成两三分宽的细条,用盐腌腩上几十分钟,便可入锅熘炒。去叶子和腌腩,都是为了去掉不必要的水分,否则,下锅一炒,一包菜水,哪里还有醋熘的风味。入锅前,先要调好勾芡的汁水;二勾芡少许,其中放入一小勺香醋,一小撮白糖,再加一点花椒面和鸡精,搅匀备用。这份小菜,说是熘炒,但更像炝炒,要有炝辣的干香融在醋熘的滑嫩中,它的滋味才有骨有肉。所以,清锅烧辣,油温至四五成,干辣椒去籽掐成碎节(如不嫌颜色混重,也可用辣椒面),油中炝出香味,将腩好的白菜条子尽入锅中,大火翻炒,等菜断生,即可下入汁水,收汁后立即起锅,千万不要让清清朗朗的白菜,缠绵于不温不火之中。这份小菜,以糖醋味为特色,但是,炝入的干辣和熘入的微麻又有川菜独特的神韵,北方也有这样一道小菜,大都不放辣椒和花椒面,而且,糖味很重,少了炝和熘的相反相成,只能叫糖醋白菜而已。

如果外面一层菜帮子嫌泡着麻烦,可以切条重盐腌腩,腩好后,用开水焯去过分的咸味,去除多余的水分,把做醋熘白菜时的炝辣油放入一些,加点蒜泥和香油,也加点白醋、糖和鸡精,一小盘凉拌白菜,保证让你吃着满心欢喜。再把那些去掉的白菜叶子做一碗白菜蛋汤,一汤菜、一炒菜、一凉菜,两人在家里的一顿便餐,就是一棵白菜,也就有滋有味了。想一想,白菜以外,还有多少蔬菜,可以让你如此简单、方便,而且圆满呢?

老北京人把大白菜叫做"黄芽白",为了让整个冬天里的这窝白菜能翻来覆去吃不厌烦,也算煞费了苦心,仅仅是煮白菜,就有香油酱熬、猪油虾米酱烧、栗子酱烧、羊肉煨余等等,随便哪家馆子吃涮羊肉,总有一大盘去了大半菜帮子的白菜。这些吃法,我总觉得没有尽到白菜的本分,其他很多蔬菜,都

百菜还是白菜好

可以这样吃,而且常常比白菜这样做更好吃。倒是江南风味中的芋儿烧白菜,把芋子的软绵和白菜的清爽结合起来,就是喜辣喜麻的四川人,一年中也少不了吃几次这样做出的白菜。当然,四川人更喜欢用小白菜秧和芋子清烧,在一清二白中,体会到口齿里的滑软和清嫩。

另外,白菜叶子大,稍稍焯烫以后,也有韧性,而且没有怪味,是做菜卷的好材料。照自己喜欢的口味,调出一些馅儿来,全荤也好,半荤半素也好,馅儿的水分不要太重,用开水焯过的白菜叶卷包起来,放入盘中,或者直接放进竹笼,蒸上七八分钟,滋味鲜香清爽,完全是一品上得了桌子的佳肴。如果肯再用些工夫,勾点自己喜欢的滋汁,浇淋上去,其中的变化,就更能够随心随意了。白菜清蒸,本身就是一样好菜。选三窝清嫩的白菜,切去菜头和菜帮多的部分,只要叶子那一截,一个大海碗,菜叶头仰天摆成品字,随意点缀一些配料,如海米、干贝丝、香菇片、火腿片之类,再加些姜丝、葱节、蒜片等佐料,大半碗鸡汤调入盐味,倒进海碗里,锅中或笼里蒸上十分钟左右,原碗上桌,汤清菜白,宛如水中白莲,滋味鲜美清冽,这是把山珍海味和最平常的白菜联系在一起的上品,而且,这时的山珍海味全不如那普普通通的白菜了。

中国文化的最高境界,讲的是空无。空而能纳万物,无而能生百味。白菜无色无味,因此能融合众多的鲜美,说白菜虚怀若谷,未免牵强了些,但我从其中,仿佛也感受到了自然的智慧。把白菜的这份天性体现到极致的,要算川菜中的开水白菜了。很久以前,一个老师傅给我讲,开水白菜是川菜中的神品,我很是不解。心想,川菜北菜南烹、南菜川味,不知有多少世间稀奇之物以川味登堂入室,而且,川菜以麻辣为特色,担得起川菜神品之名的,自该是麻辣味型的菜品。一盆清汤寡水的白菜,如何传得了这个神字?虽然到现在,我所吃过的打着开水白菜招牌的白菜汤,没有一份堪称神品,但是,那位老师傅给我讲述的开水白菜,的确让我对白菜、对"百菜还是白菜好"的联语,甚至对川菜之道,有了一次一生中难得的豁然开朗。现在有开水白菜这道菜品的餐馆已经很少,即使有,也不过稍鲜一点的汤中,加上几片还算嫩气的白菜叶子,如果没有那位老师傅的讲述,开水白菜对于我,就永远是高山白云深处的一个传说,是川菜的一个神话。

老师傅说:岁至秋末,地上开始打霜以后,选一窝刚卷紧心子的白菜,一定要当天离土的;经霜后,白菜才有回甜,不过夜,白菜才算清嫩;去掉外面至少两层,只留心子里叶白茎嫩、拳头大小的一棵,先在调好的汤里把菜根部分浸泡一下,让外面的菜茎软化,然后轻轻剥开四五片,根部不能断开,如睡莲初开,平放于网漏之上,再用细细的银针,在菜心上反复深刺,使白菜从内到外充满肉眼难见的气孔;要做出堪称神品的开水白菜,最关键的是能否调出一锅好汤,这汤要鲜香无比,又要色泽清亮、不见一点油荤,入了眼中,犹如一碗开水。高汤熬制的方法很多,老师傅讲,做开水白菜的高汤,首先要选好做汤的鸡,鸡不能太肥,太肥则油重,也不能太嫩,太嫩则易烂;整鸡杀剖后,剔尽腹油,反复洗净血水,然后放进清水里,用中火煮开,立即改为文火,撇去浮沫,再加入制过的鲍鱼片、白菇丝等增鲜的配料,煨炖四五个小时,汤味鲜浓时,取出整鸡,接着用鸡纤子入汤收油,把用鸡脯做的肉蓉进汤中滚氽,最后以细纱布滤出汤汁,此时的上汤清纯透明、鲜美难以言说,加上一点盐,剩下的就是让汤与白菜相遇了。如果就是把白菜放进汤中去煮,前面的功夫就全是白费。老师傅说:"要两火两锅,一锅上置放有白菜的网漏,一锅是调制好的上汤,放有网漏的锅下,文火保温,上汤的火要更小,让汤始终保持在七十至八十摄氏度,汤温的保持是其中的关键;然后用大勺将温烫的上汤,反复浇淋到白菜上,一边汤快完时,换锅又淋,直到最外一层的菜茎,用手一触,完全熟软,便可把白菜放进坦盆,缓缓舀入热汤。这样做出的,才能叫真正的开水白菜。"此时看去,四五片摊开的叶子衬出一大朵睡莲般的白菜,菜茎菜叶一如新生,没有半点烧煮煨烫的痕迹,叫你以为就是一棵生的白菜;而一盆清汤,无油丝,无颜色,与平常的开水也没有什么不同;但是,白菜入口,看上去的生脆,立即变成了和口齿熨帖的软嫩,而软嫩中徐徐生出清爽鲜香,又是你吃遍天下美味也从来没有的——因为,它完全是美味对你的一次深情诉说,是你与美味至深的一吻;而盆中经过了白菜身心的温汤,如不以勺亲自品上一口,怎么说,你也不会相信,那样寡白的汤水,竟会如此地动人心魄。

直到听了老师傅的讲述后,我才算是领悟到了为什么川菜要把白菜推为蔬菜之首,领悟到了拥有五千余种菜品的川菜,为什么会把开水白菜称为神品。把很低贱、很平常的东西做成珍品,这是川菜的大化之道,其实,也是人做事为物的极高境界;融至生与至熟、极清与极浓、至淡与至鲜为一体,化绚烂于平淡,从平淡中得高格,手法细微至极,却不伤自然之物的天资神韵,这其中的灵性和真意,有待我和常吃白菜的北京朋友们,用一生去以心相知。

吃相

◎梁实秋

一位外国朋友告诉我,他旅游西南某地的时候,偶于餐馆进食,忽闻壁板砰砰作响,其声清脆,密集如连珠炮,向人打听才知道是邻座食客正在大啖其糖醋排骨。这一道菜是这餐馆的拿手菜,顾客欣赏这个美味之余,顺嘴把骨头往旁边喷吐,你也吐,我也吐,所以把壁板打得叮叮当当响。不但顾客为之快意,店主人听了也觉得脸上光彩,认为这是大家为他捧场。这位外国朋友问我这是不是国内各地普遍的风俗,我告诉他我走过十几省还不曾遇见过这样的场面,而且当场若无壁板设备,或是顾客嘴部筋肉不够发达,此种盛况即不易发生。可是我心中暗想,天下之大,无奇不有,这样的事恐怕亦不无发生的可能。

《礼记》有"毋啮骨"之诫,大概包括啃骨头的举动在内。糖醋排骨的肉与骨是比较容易脱离的,大块的骨头上所连带着的肉若是用牙齿咬断下来,那龇牙咧嘴的样子便觉不大雅观。所以"割不正不食""席不正不坐"都是对于在桌面上进膳的人而言,啮骨应该是桌底下另外一种动物所做的事。不要以为我们一部分人把排骨吐得噼啪响便断定我们的吃相不佳。各地有各地的风俗习惯。世界上至今还有不少地方是用手抓食的。听说他们是用右手取食,左手则专供做另一种肮脏的事,不可混用,可见也还注重清洁。我不知道像咖喱鸡饭一类黏糊糊的东西如何用手指往嘴里送。用手取食,原是古已有之的老法。罗马皇帝尼禄大宴群臣,他从一只硕大无比的烤鹅身上扯下一条大腿,手举着鼓槌,歪着脖子啃而食之,那副贪婪无厌的饕餮相我们可于想象中得之。罗马的光荣不过尔尔,等而下之不必论了。欧洲中古时代,餐桌上的刀叉是奢侈品,从十一到十五世纪不曾被普遍使用,有些人自备刀叉随身携带,这种作风一直延至十八世纪还偶尔可见,据说在酷嗜通心粉的国度里,市廛道旁随处都有贩卖通心粉的摊子,食客都是伸出右手像是五股钢叉一般把粉条一卷就送到口里,干净利落。

不要耻笑西方风俗鄙陋,我们泱泱大国自古以来也是双手万能。《礼记》:"共饭不泽手。"吕氏注曰:"不泽手者,古之饭者以手,与人共饭,摩手而有汗泽,人将恶之而难言。"饭前把手洗洗揩揩也就是了。樊哙把一块生猪肘子放在铁盾上拔剑而啖之,那是鸿门宴上的精彩节目,可是那个吃相也就很可观了。我们不愿意在餐桌上挥刀舞叉,我们的吃饭工具主要是筷子,筷子即箸,古称"饭"。细细的两根竹筷,搦在手上,运动自如,能戳、能夹、能撮、能扒,神乎其技。不过我们至今也还有用手进食的地方,像从兰州到新疆,"抓饭""抓肉"都是很驰名的。我们即使运用筷子,也不能不有相当的约束,若是频频夹取如金鸡乱点头,或挑肥拣瘦地在盘碗里翻翻弄弄如拨草寻蛇,就不雅观。

餐桌礼仪,中西都有一套。外国的餐前祈祷,兰姆的描写可谓淋漓尽致。家长在那里低头闭眼口中念念有词,孩子们很少不在那里做鬼脸的。我们幸而极少宗教观念,小时候不敢在碗里留下饭粒,是怕长大了娶麻子媳妇;不敢把饭粒落在地上,是怕天打雷劈。喝汤而不准吮吸出声是外国规矩,我想这规矩不算太苛,因为外国的汤盆很浅,好像都是狐狸请鹭鸶吃饭时所使用的器皿,一盆汤端到桌上不可能是烫嘴热的,慢一点灌进嘴里去就可以不至于出声。若是喝一口我们的所谓"天下第一菜"口蘑锅巴汤而不出一点声音,岂不强人所难?从前我在北方家居,邻户是一个治安机关,隔着一堵墙,墙那边经常有几十口子在院子里进膳,我可以清晰地听到"呼噜,呼噜,呼——噜"的声响,然后是"咔嚓"一声。他们是在吃炸酱面,于猛吸面条之后咬一口生蒜瓣。

餐桌的礼仪要重视,不要太重视。外国人吃饭不但要席正,而且挺直腰板,把食物送到嘴边。我们"食不厌精,脍不厌细",要维持那种姿势便不容易。我见过一位女士,她的嘴并不比一般人小多少,但是她喝汤的时候真能把上下唇撮成一颗樱桃那样大,然后以匙尖触到口边徐徐吮饮之。这和把整个调羹送到嘴里面去的人比较起来,又近于矫枉过正了。人生贵适意,在环境许可的时候是不妨稍为放肆一点的。吃饭而能充分享受,没有什么太多礼法的约束,细嚼慢咽,或风卷残云,均无不可,吃的时候怡然自得,吃完之后抹抹嘴鼓腹而游,像这样的乐事并不常见。我看见过一次真正痛快淋漓的吃,印象至今犹新。一次在北京的"灶温",那是一爿地道的北京小吃馆。棉帘起处,进来了一位赶车的,辫子盘在额上,大摇大摆,手里托着菜叶裹着的生猪肉一块,提着一根马兰系着的一撮韭黄,把食物往柜台上一拍:"掌柜的,烙一斤饼!再来一碗炖肉!"等一下,肉丝炒韭黄端上来了,两张家常饼、一碗炖肉也端上来了。他把菜肴分为两份,一份倒在一张饼上,把饼一卷,比拳头要粗,两手扶着矗立在盘子上,张开血盆巨口,左一口,右一口,中间一口!不大的工夫,一张饼下肚,又一张也不见了,直吃得他青筋暴露、满脸大汗,挺起腰身连打两个大饱嗝。上面这个景象,我久久不能忘,他们都是自食其力的人,心里坦荡荡的,饿来吃饭,取其充腹,管什么吃相!

窝窝头的历史

◎周作人

北方杂粮以玉米为主,玉米粉称为棒子面,亦称杂和面。因为俗称玉米为棒子,故得此名。南方人不懂,故有误解。从前的小说上,说穷苦妇女流着眼泪,把棒子面一根根往嘴里送。玉米面中掺和豆面在内,故称杂和,其实这如三七比例的掺入,就特别显得香甜,所以不算是什么粗粮,不过做成窝窝头,乃有似黑面包,普通当作穷人的食粮罢了。南方如浙东台州等处,老百姓也通常吃玉米面,却称作六谷糊。光绪丁酉年距今刚刚一周甲,我住在杭州,一个姓宋的保姆是台州人,经常带来吃,里边加上白薯,小时候倒觉得是很好吃的。普通做了饼来吃,便是所谓窝窝头,乃是做成圆锥形,而空其中,有拳头那么大,因为底下是个窝,故得是名。老百姓吃这东西,大概起源很早,历史上找不着纪录,当起于有玉米的时候了。本来这些事用不着努力去找它的缘起,现在不过如偶尔找到一点纪录,知道有什么时代,已经有过,那也未始不是很有意思的事吧。

窝窝头起源的历史是不可考了,但我们知道至少在明朝已经有这个名称,即是去今有三百多年的历史了。李光庭著《乡言解颐》卷五,载刘宽夫《日下七事诗》,末章中说及"爱窝窝",小注云,"窝窝以糯米粉为之,状如元宵粉荔,中有糖馅,蒸熟外糁薄粉，上作一凹，故名窝窝。田间所食则用杂粮面为之，大或至斤许，其下一窝如臼而覆之。茶馆所制甚小，曰爱窝窝，相传明世中宫有嗜之者，因名御爱窝窝，今但曰爱而已"。照这样说，爱窝窝由于御爱窝窝的缩称，那么可见窝窝头的名称在明朝那时候已经有了。这也就是说，农民用玉米面做这种食品，用这个名称，也已经很久了。

天下事无独有偶，窝窝头的故事还有下文。北海公园有一家饭馆名叫"仿膳"，是仿御膳房的做法的意思。他们的有名食品里边，便有一种"小窝窝头"，据说是从前做来"供御"的，用栗子粉和入，现在则只以黄豆玉米粉加糖而已。所以北京市面上除真正窝窝头以外，还有两种爱窝窝与小窝窝头，留下一点历史的痕迹。"窝窝头"极是微小的东西，但不料有这么一段有意思的历史，可见在有些吃食东西上如加以考究，也一定有许多事情可以发现的。

原载《新民报晚刊》1957 年 10 月 16 日

域外杂谈·食

◎王小波

　　到了国外吃过各种各样的东西,其中有些很难吃。中国人假如讲究吃喝的话,出国前在这方面可得有点精神准备。比方说,美国人请客吃烤肉,那肉基本上是红色的。吃完了我老想把舌头吐出来,以为自己是个大灰狼了。至于他们的生菜色拉,只不过是些胡乱扯碎的生菜叶子。文学界的老前辈梁实秋有吃后感如下:这不是喂兔子吗? 当然,在一个地方待久了,就会发现哪些东西是能吃的。在美国待了一两年,就知道快餐店里的汉堡包、烤鸡什么的,咱们都能吃。要是美国卖的 pizza 饼,那就更没问题了。但是离开美国就要傻眼。到欧洲玩时,我在法国买过大米色拉,发现是些醋泡的生米,完全不能下咽。在意大利又买过 pizza 饼,发现有的太酸,有的太腥,虽然可以吃,味道完全不对。最主要的是 pizza 顶上那些好吃的融化的奶酪全没了,只剩下番茄酱,还多了一种小咸鱼。后来我们去吃中国饭。在剑桥镇外一个中国饭馆买过一份炒饭,那些饭真是掷地有声。后来我给我哥哥写信,说到了那些饭,认为可以装进猎枪去打野鸭子。那种饭馆里招牌虽然是中文,里外却找不到一个中国人。

　　这种事不算新鲜。我在美国住的地方不远处,有一家饭馆叫竹园,老是换主。有一阵子业主是泰国人,缅甸人掌勺,牌子还是竹园,但是炒菜不放油,只放水。在美国我知道这种地方,绝不进去。当然,要说我在欧洲会饿死,当然是不对的。后来我买了些论斤卖的烤肉,用啤酒往下送,成天醉醺醺的。等到从欧洲回到美国时,已经瘦了不少,嘴角还老是火辣辣的,看来是缺少维生素。咱们中国人到什么地方去,背包里几包方便面都必不可少。有个朋友告诉我说,假如没有方便面,他就饿死在从北京开往莫斯科的火车上了。

据我所知,孔夫子要是现在出国,一定会饿死,他老人家割不正不食,但是美国人烤肉时是不割的,要割在桌上割。而那些餐刀轻飘飘的,用它们想割正不大可能。他老人家吃饭要有好酱佐餐。我待的地方有个叫北京楼的中国菜馆,卖北京烤鸭。你知道人家用什么酱抹烤鸭吗?草莓酱。他们还用春卷蘸苹果酱吃。就是这种莫名其妙的吃法,老外们还说好吃死了。

孔夫子他老人家要想出国,假如不带厨子的话,一定要学会吃 ketchup,这是美国人所能做出的最好的酱了。这种番茄酱是抹汉堡包的,盛在小塑料袋里。麦当劳店里多得很,而且不要钱。每回我去吃饭,准要顺手抓一大把,回来抹别的东西吃。他老人家还要学会割不正就食,这是因为美式菜刀没有钢火(可能是怕割着人),切起肉来总是歪歪扭扭。

假如咱们中国人不是要求一定把食物切得很碎,弄得很熟,并且味道调得很正的话,那就哪儿都能去了。除此之外,还能长得肥头大耳,虎背熊腰。当然,到了那种鸡翅膀比大白菜便宜的地方,谁身上都会长点肉。我在那边也有九十公斤,但是这还差得远。马路上总有些黑哥们,不论春夏秋冬,只穿小背心儿,在那里表演肌肉。见了他们你最好相信那是些爱好体育的好人，不然就只好绕道走了。

　　假如你以为这种生肉生菜只适于年轻人，并非敬老之道，那就错了。我邻居有个老头子，是画广告牌的，胡子漆黑漆黑，穿着瘦腿裤子跑来跑去，见了漂亮姑娘还要献点小殷勤。后来他告诉我，他七十岁了。我班上还有位七十五岁的美国老太太，活跃极了，到处能看见她。有一回去看校合唱团排练，她站在台上第一排中间。不过那一天她是捂着嘴退下台来的，原来是引吭高歌时，把假牙唱出了嘴，被台下第三排的人拣到了。不管怎么说吧，美国老人精神真好，我爸我妈可比不上。

　　假如你说，烹调术不能决定一切，吃的到底是什么也有很大关系，这我倒能够同意。除此之外，生命还在于运动。回国前有半年时间，我狠狠地练了练。顶着大太阳去跑步，到公园里做俯卧撑。所以等回国时，混在那些短期（长期的不大有回去的）考察、培训的首长和老师中间，就显得又黑又壮。结果是，过海关时人家让我等着，让别人先过。除此之外还揉了我一把，说出国劳务的一点规矩也没有。当时我臊得很。现在我食不厌精、脍不厌细，躲风躲太阳地养了三年多，才算有点知识分子的模样了。

食

满汉何来全席

◎汪朗

　　中国筵席中,名气最大的大约就是满汉全席了。一是花样多,各种佳肴美点加在一起,多的有 182 种,少的也有 64 种,据说可以连吃三天不重样;二是出身好,据说源自清朝宫廷,皇上太后朝廷大员享用过的。因此,不少人一听说满汉全席,便会全身僵直,肃然起敬。由于满汉全席来头颇大,各地因此繁衍出不少版本,有扬州版、广东版、四川版、香港版,当然更少不了北京版。前两天,一家饭馆还在做广告,声称可制作满汉全席,而且还是"正宗"的。

　　了解内情的人却知道,这种说法纯粹是老虎闻鼻烟——没影儿的事。宫中从来就没有过满汉全席。

　　清朝宫中的饭局确实很多。每逢朝廷大典,重要节日,皇上都要宴请文武百官。这类宴会一向分为"满席筵桌"与"汉席筵桌",各有规格,互不相混。满席定六等,汉席分五级。一等满席,一般用于帝后大殡之后的答谢招待会。大家辛苦操劳了不少时候,得来上一顿以示慰问。其标准为每桌白银八两。一等汉席,主要用于朝廷开科时宴请主考官。为国取士,责任非同一般,也得来一顿。一等汉席没说用多少银子,但上菜则有规定,每桌内馔二十三碗,另有果食八碗、蒸食三碗、蔬食四碗。内馔用料,不过鱼、鸡、鸭、猪等平常之物,至于燕窝鱼翅之类,想都甭想。

无论从花费还是从原料看,清朝宫中的满席汉席,实在平常。更何况这些菜肴还不是现做现吃,在宴会举办的前一天便要制作停当,用盘盘碗碗盛好,放在红漆矮桌上,待膳食主管部门光禄寺的官员亲自验看之后,再"按桌缠红布,覆以红袱",指派专人把守一夜,第二天才送到宴会举办地点。只等圣上令下,大家一起开吃。这种大路菜本来就稀松,又是隔夜货色,不闹你个跑肚拉稀,就算不错,哪里还有滋味可言。对这种"宫廷大宴",当时的北京人已经将其列入京城"十可笑"之首。"十可笑"是:光禄寺茶汤,太医院药方,神乐观祈禳,武库司刀枪,营缮司作场,养济院衣粮,教坊司婆娘,都察院宪纲,国子监学堂,翰林院文章。这"十可笑",几乎都具有官方色彩。

尽管清代的满席汉席就是这么一种货色,众多饱餍山珍海味的官员却仍以一赴宫廷大宴为人生最高目标。食客之意不在吃,在于品尝浩荡之皇恩也。他们所唖摸的,是政治待遇,饭菜味道其实并不重要。古今中外,人同此心,心同此理。当然,不是所有人。

清代朝廷宴会从未见满汉全席,不过皇上太后们的一日二餐,倒确乎是满汉一体,不分轩轾。吃的也较外廷的大锅饭精致。据说,慈禧太后吃过一道"清汤虎丹",是用小兴安岭雄虎的睾丸制成的,有小碗口大小。制作时需要将虎丹在微开不沸的鸡汤中浸泡三个小时,然后剥去皮膜,放在调有佐料的汁水中渍透,再用特制的利刀平片成纸一样的薄片,在盘中摆成牡丹花状,佐以蒜泥、香菜末食之。但这只是外界传说,即便有之,也不可能经常进用——上哪儿找那么多公老虎去?

就算有那么多公老虎，老佛爷的身子骨儿也消受不起。

其实，清宫帝后日常吃喝固然花样不少，但不少还是挺"家常"的。像光绪七年的正月十五，是个大节，皇上进膳按例要添加菜肴。就是这一天，光绪皇帝的晚膳，连菜带汤也不过四十道左右。其中虽有荸荠制火腿、鸡丝煨鱼翅、口蘑溜鸡片这些较为精致的菜肴，但也不乏肉片炖白菜、肉片焖豇豆、油渣炒菠菜、豆芽菜炒肉、醋熘白菜……这些菜，与普通百姓所吃并无大异，很难上得席面。此时光绪还没有与老佛爷撕破脸，在饮食上不至受到克扣，因此这个膳单应该具有代表性。

至于各地满汉全席中的鲜蛏萝卜丝羹、梨片拌蒸果子狸、糟蒸鲥鱼、西施乳、凤肝拼螺片、奶油鲍鱼、婆参蚬鸭、松子烩龙胎等，实在于宫中找不到根据。有些则纯粹是瞎掰。像港式满汉全席中有一松子烩龙胎，也就是炖鲨鱼肠。皇上自称龙子龙孙，哪能够用这样的菜名。自己吃自己？再如扬州满汉全席中的蒸鲥鱼，也不可能源自清宫。鲥鱼确实曾入贡宫廷，为保其鲜，还要快马从江南连夜驰赴京城，三千里路程限三日赶到。后来有官员奏明此举实实劳民伤财，康熙皇帝于是一纸令下，"永免进贡"。以后的皇上便再也没有鲥鱼可吃了。

虽说满汉全席于史无证，不过是"拉大旗作虎皮"的作品，但各种版本的满汉全席毕竟荟萃了当地的饮食精华，较之宫廷吃喝要高出几筹，因此不可全盘否定。去其虚名而求其美味，如此就算吃通了"满汉全席"。

文余杂碎儿·续满汉何来全席

此文的题目原为《满汉无全席》，后来改为这个样子。因为当时虽然认为满汉全席实属子虚乌有，但自觉证据尚不足，想稳妥一些，留自己条后路。此后，社会上爆炒满汉全席之风更甚，有的电视台还以此为名举办起烹饪大赛来。于是又陆续查询搜集了一些资料。结果，越发觉得所谓满汉全席出于宫廷御膳的说法，实在是瞎扯淡。

直接指摘满汉全席全然不可信的有爱新觉罗·瀛生先生。他老先生既属于清朝皇族，同时对宫廷事务和旧时京城风俗也了解，还写过关于清宫乐舞考证的专著，因此说起话来底气足。

他在《京城旧俗》一书中明确指出："近年来流传'满汉全席'之说，说它是清宫御膳，甚至有人列出满汉全席的菜单，宣扬之不遗余力，据说已传到海外。其实这纯属虚构。满汉全席这一名称来源于一段相声。本世纪(指二十世纪)二十年代在北京和天津献艺的相声演员万人迷编了一段'贯口'词，罗列大量菜名，名为"报菜名"，颇受听众欢迎。三十年代在北京与张傻子、高德明、绪德贵、汤瞎子一同登台表演的著名相声演员戴少甫擅长这个段子(戴少甫于四十年代初逝世于天津)，当时仍称这段贯口词为报菜名。后来传来传去竟被讹称为满汉全席。清宫膳房根本没有满汉全席之说。当年在北海公园创设'仿膳'饭馆的人，的确是曾经在清宫膳房工作过的。那时仿膳的菜肴的确是清末宫廷膳房制品的样子，但从未提过满汉全席，而是老老实实地做炒肉末烧饼(夹肉饼)；豌豆黄和芸豆卷等也是膳房制品的样子；这才是真的。仿膳菜肴和点心的做法，严格说，是同光(同治光绪)时代清宫膳房的遗范，在很大程度上适应慈禧太后的喜好和口味，不但与道光年代的烹制法有一定区别，与咸丰时代的做法也不尽同。例如咸丰皇帝喜食鸭,这本是清宫菜肴的一项传统,乾隆皇帝有专门烹调鸭子的厨师,但因慈禧太后不太喜欢吃鸭,所以同光时代膳房就不大讲求烹鸭了。三十年代仿膳的老师傅对我说,早年膳房做'全鸭'有四十七种烹调法,后来半数失传了。"

曾在北京生活多年的梁实秋先生对满汉全席也持否定态度。他在《再谈"中国吃"》一文中写道:"至于近日报纸喧腾的满汉全席那是低级趣味的噱头,以我所认识的人而论,我不知道当年有谁见过这样的世面。北平北海的仿膳,据说掌柜的是御膳房出身,能做一百道菜的全席,我很惭愧不曾躬逢其盛,只吃过称羼有栗子面的小窝头,看他所做普通菜肴的手艺,那满汉全席不吃也罢。"

同样在北京生活多年而且对于饮食之道颇为在行的王世襄、朱家溍两位老先生,在回忆京城饮食的文章中,对于当年京城东兴楼、同和居、丰泽园等老字号的名菜名点津津乐道,然而对大名鼎鼎的"满汉全席"却均未置一词。王世襄先生在为《中国名菜谱·北京风味》所写的序言中,承认宫廷菜是北京风味的组成部分,不过认为宫廷菜并不神秘,只是在民间菜肴的基础上不惜工本,精益求精而已,"已经驰名了半个多世纪的仿膳食品,如肉末烧饼、炒麻豆腐、豌豆黄、芸豆卷、小窝头等,也无一不来自民间,只是加工加料,崇饰增华,改变了原来的味道,蒙上了宫廷色彩而已。"这一评价应该说是恰如其分的。

而北京中医药大学的教授翁维健,在中国明清档案馆查看了大量清宫御膳菜谱后,得出了同样的结论。翁教授在《试论清宫御膳的饮食结构与制度》一文中说:"从数百份的御膳菜谱分析,其绝大部分来源于民间的满族菜系和汉族菜系,高、中、低档皆有,尤以中、低档菜为主。如乾隆四十七年的元月十三日所载'炒木樨肉',又如乾隆四十七年端午节所载'羊肉炖冬瓜',乾隆四十六年端午节所载'挂炉烤鸭'等等。我们只能这样理解,所谓'御膳'也就是宫廷中帝后所用的普通民间菜而已。至于'满汉全席',则是清末主要流行于宫外的偏重高档的已商业化的满汉菜肴。"

当今京城"满汉全席"据说以仿膳饭庄和颐和园听鹂馆为"正宗"。然而这正宗也实在令人怀疑。

仿膳于1925年设立,其年头与御膳多少还能挂上点钩,因为此前一年冯玉祥将军刚刚把末代皇帝溥仪赶出了紫禁城,御膳房也随之不复存在。为了糊口,曾在御膳房菜库当差的赵仁斋和其子赵柄南,约了御膳房的几个厨师,在北海公园北岸设立了仿膳。但是这个仿膳只是一个茶社,除了卖茶之外,捎带卖些宫中传统糕点,如芸豆卷、豌豆黄、小窝头、甑儿糕、奶卷、肉末烧饼等。后来,又售卖一些宫中的传统炒菜,如"四抓"、"四酱"、"四酥"和黄焖豆腐、栗子扒白菜等。所谓"四抓",是指抓炒腰花、抓炒里脊、抓炒鱼片和抓炒虾仁,据说这是曾被慈禧太后称作"抓炒王"的王玉山老师傅的拿手菜。所谓抓炒,是将原料挂浆之后在热油之中逐片炸好捞出,然后用炒勺调味勾芡,将原料入勺翻炒几下即成。"四酱"为炒黄瓜酱、炒胡萝卜酱、炒榛子酱和炒豌豆酱;"四酥"指酥鱼、酥肉、酥鸡和酥海带。这些都是满族家常菜,宫中食谱上也经常见到,但并无神奇之处。由此也可验证爱新觉罗·瀛生先生的论断,宫中膳食其实并没有太多高明之处。至于"满汉全席",当时连个影儿都没有。直到1956年,仿膳才从茶社改为饭庄,并从北海北岸迁到南岸的漪澜堂道宁斋内,经营起清宫膳食来。而卖起"满汉全席",已经是1978年之后的事情了。其传承可想而知。

　　至于听鹂馆，虽然是在颐和园内，与老佛爷的关系似乎更近乎一些，但在清朝，此地只是皇上太后听戏的地方，和精神文明还有些关系，与锅碗瓢勺之类的物质文明则全无瓜葛。清朝灭亡之后，此地成为别墅，当年国画界大大有名的南张（张大千）北溥（溥濡）都曾在听鹂馆长期勾留，吟诗作画。溥濡字心畬，别署西山逸士，是清代恭亲王的孙子，正宗满族，张大千自然是汉族，因此这听鹂馆与满汉两边确乎能沾上点边，不过与什么全席则全然扯不上。新中国成立前夕，颐和园曾经是一些民主党派高级人士居住之所。一次柳亚子先生闹情绪，周恩来曾经在听鹂馆设宴安慰之。但此时的听鹂馆仍不是餐厅，所有菜都是在外面定好送来的。建国后，由于一些中央首长经常去颐和园游玩，没个吃饭的去处，这才将听鹂馆改成了饭馆，中餐西餐厨师均有，但似乎未听说哪一位伺候过慈禧太后。就是这样一个地方，居然也成为满汉全席的正宗诞生地，而且据说菜品还是出自老佛爷寿膳房的膳单。对此究竟该如何看，实在是不必再说什么了。

　　听鹂馆中过去有一当家菜——活吃鲤鱼。将活鲤鱼迅速开膛去鳞，裹糊油炸，然后浇汁上桌。由于从宰杀到烹制，只有短短的一分多钟，因此菜上桌时，鲤鱼还在吧唧嘴。此菜"文革"期间是大大地有名，纪录片中经常可以见到厨师在表演此绝技，引得五大洲的革命战友们一阵阵赞叹。不过，此菜与老佛爷应该毫无关系。老佛爷既是老佛爷，还拍照扮演过南海观世音，如何能见如此对待生灵？尽管她杀戊戌六君子时毫不手软，但表面文章总还是要做一做的。更重要的是，这样的菜即便老佛爷在时有之，她老人家也吃不出好来。因为清宫帝后吃饭一向不是现做现吃，而是先做好了放在"被窝"里焐着(参见《御膳未必佳》一文)。一焐，鲤鱼也不吧唧嘴了，浇汁也凉了，肉也不酥脆了，厨师还瞎忙活什么？此菜据说现在也不常做了，因为五大洲的非革命战友提出抗议，说是应该让鱼彻底死后再烹制，否则就是虐待动物。此事未得亲见，不知确否。现在听鹂馆没有个千八百的实在不敢进去。"文革"时倒还有机会和同学一起吃顿饭，一桌菜花上十几元足矣。也许是当时还没有"满汉全席"。

御膳之中没有满汉全席，大致可为定论。但是民间记载中，关于满席汉席或是满汉席，毕竟还有些蛛丝马迹。现时人们所引用最多是清乾隆三十年(1795)刊行的《扬州画舫录》卷四中的一段文字："上买卖街前后寺观，皆为大厨房，以备六司百官食次：第一分头号五簋碗十件：燕窝鸡丝汤、海参汇猪筋、鲜蛏萝卜丝羹、海带猪肚丝羹、鲍鱼汇珍珠菜、淡菜虾子汤、鱼翅螃蟹羹、蘑菇煨鸡、辘轳锤、鱼肚煨火腿、鲨鱼皮鸡汁羹、血粉汤、一品级汤饭碗。第二分二号五簋碗十件：鲫鱼舌汇熊掌、米糟猩唇猪脑、假豹胎、蒸驼峰、梨片伴蒸果子狸、蒸鹿尾、野鸡片汤、风猪片子、风羊片子、兔脯、奶房签、一品级汤饭碗。第三分细白羹碗十件：猪肚假江瑶鸭舌羹、鸡笋粥、猪脑羹、芙蓉蛋、鹅肫掌羹、糟蒸鲥鱼、假斑鱼肝、西施乳、文思豆腐羹、甲鱼肉肉片子汤、茧儿羹、一品级汤饭碗。第四分毛血盘二十件：炙哈尔巴、小猪子、油炸猪羊肉、挂炉走油鸭、鹅、鸭、鸽、猪杂什、羊杂什、燎毛猪羊肉、白煮猪羊肉、白蒸小猪子、小羊子、鸡、鸭、鹅、白面饽饽卷子、什锦火烧、梅花包子。第五分洋碟二十件，热吃劝酒二十味，小菜碟二十件，枯果十彻桌，鲜果十彻桌。所谓满汉席也。"这是较早的关于满汉席的比较完备的记载。

对此，已经有人指出，这里的满汉席，并非满汉合璧，而是满汉分列，由于古书没有标点符号，因此将其混为一谈了。实际的意思，应该是"满、汉席"而非"满汉席"。此说很有道理，因为从菜品的排序看，第一分到第四分基本都是汉菜风格，只有第五分的毛血盘二十件，才有些满菜的样子。

这一菜单的真实性目前好像还无人表示怀疑，似乎上了的书的东西就一定是事实。然而，其中疑点其实甚多。《扬州画舫录》的作者李斗，是一介平民，而此处记载的菜单则是招待官员的，他未必吃得着。因此，这些菜品是他亲眼得见，还是道听途说，还是道听途说外加主观想象，实在是不知道。但这第三者的可能性绝非一点没有。

这份菜单确有可疑之处。首先是菜品的数目对不上，像第一分头号五簋碗十件中，怎么看起码也得有十二道菜，第二分第三分中也有这个问题。如果真的照此上菜，食客肯定会一头雾水，对不上号。

二是菜品搭配不当，特别是羹汤比重过大，吃了只能灌个水饱。虽说是"满洲菜多烧煮，汉人菜多羹汤"（见袁枚《随园食单》），但此菜单的羹汤未免过多。像第一分的十二样菜中，居然有七种羹汤：燕窝鸡丝汤、鲜蛏萝卜丝羹、海带猪肚丝羹、淡菜虾子汤、鱼翅螃蟹羹、鲨鱼皮鸡汁羹、血粉汤。第三分菜中，也起码有七种羹汤粥。一下子上这么多的汤汤水水，应该说违反了一般设宴的常识。虽说现今洛阳还有水席，道道菜都有汤水，但这只是聊具一格的东西，绝非正经宴席上菜的规矩。可为佐证的是，清人所著《调鼎集》卷八所开列的汉席、满席菜品中，就没有这么多的汤汤水水。

三是饮食用语混乱。像菜单中有一"鸽臛"，臛是早年间羹汤之一类，《楚辞·招魂》中曾提到过。当时人们把羹与臛区分得很清楚："有菜为羹，无菜曰臛。"（东汉王逸注《楚辞·招魂》）即加有蔬菜的羹，无论有肉无肉均称为"羹"，只用鱼、肉等荤物烹煮的羹，则为"臛"。这种区分直到魏晋南北朝时仍大体如此，《齐民要术》中所记载的"羹"与"臛"，大致与此说相符。然而，到了后代，羹臛已经合流，很少再有人用"臛"字。与李斗同时代袁枚，在其《随园食单》中记载了"羊羹"和"羊肚羹"的制作工艺。羊羹的做法是："取熟羊肉斩小块，如骰子大，鸡汤煨，加笋丁、香蕈丁、山药丁同煨。"羊肚羹的做法则是："将羊肚洗净煮烂，切丝，用本汤煨之，加胡椒、醋俱可。北人妙法，南人不能如其脆。"

　　如按古时标准，这"羊肚羹"应该为"羊肚臛"才是。袁枚是进士出身，又是大吃主儿，不会羹臛不分，他没有把用纯羊肚制成的"羹"称为"臛"，可证明当时"臛"已非常用之词。而在《扬州画舫录》中却出现了这个古语。再有此"满汉席"中还有一道"奶房签"或"兔脯奶房签"，也让人有些疑问。"签"的历史也颇长，南宋《梦粱录》、《武林旧事》等作品中经常可以看到，有什么羊舌签、鸭签、肚丝签等。但是后代很少见到此词，以至于现在人们都弄不太清楚"签"到底是一种什么食品了。有的人说"签"是一种羹，有的菜谱中则认为"签"是一种网油等外皮包裹馅料，炸制而成的食品。其中差异实在是大而又大。而李斗在"满汉席"中居然把这样的古董也都搬出来了。因此，这份菜单的真实性实在是令人生疑。

　　退一步说，即便《扬州画舫录》所记录的满汉席的菜品都确有其物，也和宫廷没有什么干系，只是扬州地区的食客厨师以本地菜肴为基础创制出来的，其中有些菜如文思豆腐羹、糟蒸鲥鱼更是只有当地才有的土著。

满汉席可以查到的祖宗就是这个样子。至于以后各地流行的"满汉全席"，更是五花八门，彼此毫无联系。朱伟所著《考吃》一书，载有清末四川、广州的"满汉全席"的膳单和民初内地以及近代香港的"满汉全席"膳单；吴正格所著《清宫及满族菜点集萃》，记有东北的"满汉全席"菜单，李维冰等人所著《扬州食话》中，则有扬州版"满汉全席"的内容。因文字较多，不具引。各地膳单所列菜品并无一定之规，异多于同，且均以本地风味为主。正是因为"满汉全席"本来就没有宫廷御膳的统一版本，因此大家便都可以由着自己的喜好来，都可以称为"正宗"。不过，即便是天马行空，好歹也需要讲点规矩，不能全然乱来。有的"满汉全席"在客人入座之后，竟然先奉上一道"高汤甩果"，这有些匪夷所思了。"高汤甩果"就是水泼蛋，乃老北京饭馆中的"敬菜"。过去客人来到饭馆，如果点菜较多，老板便会白送两样菜略表心意，这就是"敬菜"。"敬菜"当然不会是燕窝、鱼翅之类的贵重东西，一般是溜黄菜、炒掐菜（豆芽掐去头尾）、高汤甩果之类的便宜货色。拿这样的"敬菜"充当"满汉全席的"头道羹汤，这就未免过于扯淡。

尽管"满汉全席"纯粹是一些人炒作出来的玩意儿，但有人请吃，本人也不会拒绝。不管什么版本的"满汉全席"，毕竟都汇集了当地的饮食精华，值得一尝。不过，如果有人请吃正宗清宫御膳，我想还是免了吧。木樨肉、羊肉炖冬瓜、酥海带之类的玩意儿，自己在家做做吃就行了。

小米

◎林清玄

丰收的歌

有一次在山地部落听山地人唱《小米丰收歌》，感动得要落泪。

其实我完全听不懂歌词，只听到对天地那至诚的祈祷、感恩、欢愉与歌颂，循环往复，一遍又一遍。

夜里，我独坐在村落边，俯视那壮大沉默的山林，仰望着小米一样的星星，回味刚刚喝的小米酒的滋味，和小米麻薯的鲜美，感觉到心里仿佛有一粒小米，饱孕成熟了。这时，我的泪缓缓地落了下来。

落下来的泪也是一粒小米，可以酿成抵御寒风的小米酒，也可以煮成清凉的小米粥，微笑地走过酷暑的山路。

星星是小米，泪是小米，世事是米粒微尘，人是沧海之一粟呀！全天下就是一粒小米，一粒小米的体验也就是在体验整个天下。

在孤单失意的时候，我就会想起，许多年前山地部落的黑夜，沉默的山林广场正在唱小米丰收歌，点着柔和的灯，灯也是小米。

我其实很知道，我的小米从未失去，只是我也需要生命里的一些风雨、一些阳光，以及可以把小米酿酒、煮粥、做麻薯的温柔的心。

我的小米从未失去，我也希望天下人都不失去他们的小米。

那种希望没有歌词，只有至诚的祈祷、感恩、欢愉与歌颂。

循环往复，一遍又一遍。

一粥一饭

沩山灵祐禅师有一次闲坐着，弟子仰山慧寂来问说：

"师父，您百年后，如果有人问我关于您的道法，我要怎么说呢？"沩山说："一粥一饭。"

（我的道法只是一粥一饭那样地平常呀！）

地瓜稀饭

吃一碗粥、喝一杯茶，细腻地、尽心地进入粥与茶的滋味，说起来不难，其实不易。

那是由于有的人失去舌头的能力，有的人舌头太刁，都失去了平常心了。

我喜欢在早上吃地瓜粥，但只有自己起得更早来熬粥，因为台北的早餐已经没有稀饭，连豆浆油条都快绝迹了，满街都是粗糙的咖啡牛奶、汉堡与三明治。

想一想，从前每天早晨吃地瓜稀饭，配酱菜、萝卜干、豆腐乳是多么幸福的事呀！那从匮乏与饥饿中体验的真滋味，已经很久没有了。

半亩园

从前,台北有一家专卖小米粥的店叫"半亩园"。我很喜欢那个店名,有一种"半亩横塘荷花开"的感觉。

第一次去半亩园,是十八岁刚上台北那一年,一位长辈带我去吃炸酱面和小米粥。那时的半亩园开在大马路边,桌椅摆在红砖道上,飞车在旁,尘土飞扬,尘土就纷纷地落在小米粥上。

刚从乡下十分洁净的空气来到台北,看到落在碗中的灰尘,不知如何下箸。

长辈笑了起来,说:"就当作多加了一点胡椒吧!"然后他顾盼无碍地吃了起来。

经过这许多年,我也能在生活中无视飞扬的尘土了。就当作多加了一点胡椒吧!

百千粒米

也是沩山灵祐的故事。有一次他的弟子石霜楚圆正在筛米,被灵祐看见了,说:"这是施主的东西,不要抛撒了。"

"我并没有抛撒!"石霜回答说。

灵祐在地上捡起一粒米,说:"你说没有抛撒,嗻,这个是什么?"

石霜无言以对。

"你不要小看了这一粒米,百千粒米都是从这一粒生出来的!"灵祐说。

灵祐的教法真好。一个人通向菩提道,其实与筛米无异。对一粒习气之米的轻忽,可能生出千百粒习气;对一粒清净之米的珍惜,可以开展一亩福田。

拾穗

我时常会想起从前在稻田里拾稻穗的一些鲜明的记忆。

在稻田收割的时候,大人们一行行地割稻子,我们做小孩子的跟在后面,把那些残存的掉落的稻子一穗穗捡拾起来,一天下来,常常可以捡到一大把。

等到收割完成,更穷困的妇女会带她们的孩子到农田拾穗,那时不是一穗一穗,而是一粒一粒了。一个孩子一天可以拾到一碗稻子,一碗稻子就是一碗米,一碗米是两碗粥,如果煮地瓜,就是四碗地瓜稀饭了。

父亲常说:"农田里的稻子再怎么捡,也不会完全干净的。"

最后的那些,就留给麻雀了。

拾穗的经验所给我的启示是,不管我们的田地有多宽广,仍然要从珍惜一粒米开始。

八万细行

那对微细的每一粒米保持敏感与醒觉的态度,在修行者称为"细行"。

也就是对微细的惑、微细的烦恼、微细的习染,以及一切微细的生命事物,也有彻底清净的觉知。

"三千威仪"便是从"八万细行"来的。

微细到什么地步呢?

微细到如一毫芒的意念,也要全心全力地对待。

恶的细行像《宗镜录》说的:

"一翳在目,千华乱空;一妄在心,恒沙生灭。"

善的细行如《摩诃止观》说的:

"一微尘中,有大千经卷;心中具一切佛法,如地种、如香丸者。"

完全超越清净的细行就像《碧岩录》里说的:

有僧问赵州:"万法归一,一归何处?"

赵州说:"我在青州作一领布衫,重七斤。"

曹源一滴水

仪山禅师有一天洗澡的时候,因为水太热了,叫一个小弟子提一桶冷水来,把水调冷一些。

年轻的弟了奉命提水来,将洗澡水调冷以后,顺手把剩下的冷水倒掉。

"笨蛋,你为什么浪费寺里的一滴水?"仪山厉声地责骂,"一切事物都有其价值,应该善加利用,即使只是一滴水,用来洒树浇花都很好,树茂盛、花欢喜,水也就永远活着了。"

那年轻的弟子当下开悟,自己改名为"滴水和尚",就是后来日本禅宗史上伟大的滴水禅师。

在中国,把一切能承传六祖慧能顿悟禅正法的,称为"曹溪一滴"或"曹源一滴水",每一滴水就是一滴法乳。

食

水的大小

每一滴水看来很小,但组成四大洋的是一滴一滴的水,圆融无碍。

大海看起来很大,其实也离不开一滴水。

我们呼吸的空气也是如此。我们每吸一口空气,都是大树、小草或人所吐出来的。我们每吐出一口空气,也都辗转往复,不会失去存在。

若知道我们喝的水不增不减,我们呼吸的空气不净不浊、不沉不没,就比较能了知空性了。

蟑螂游泳

一只蟑螂掉进抽水马桶,在那里挣扎、翻泳,状甚惊惧恐慌。

我把它捞起来,放走,对它说:

"以后游泳的时候要小心喔!"

它称谢而去。

大小是相对而生的。对一只蟑螂,抽水马桶的一小捧水就是一个很大的湖泊了。

吃馒头的方法

永春市场有山东人卖馒头,滋味甚美。

每天散步路过,我总是去买一个售价六元的馒头,刚从蒸笼取出,圆满、洁白,热腾腾的,充满了麦香。

一边散步回家,一边细细地品味一个馒头,有时到了忘我的境地,仿佛走在很广大的小麦田里,觉得一个馒头也让人感到特别地幸福。

小小

小小,其实是很好的,饮杯小茶、哼首小曲、散个小步、看看小星小月、淋些小风小雨,或在小楼里,种些小花小木;或在小溪边,欣赏小鱼小虾。

也或许,和小小时候的小小情人在小小的巷子里,小小地擦肩而过,小小地对看一眼,各自牵着自己的小孩。

小小的欢喜里有小小的忧伤,小小的别离中有小小的缠绵。

人生的大起大落、大是大非,真的是小小的网所织成的。

小诗有味

想到苏东坡的两句诗:"高论无穷如锯屑,小诗有味似连珠。"长篇大论就像锯木头的木屑,小小的诗歌就像一连串的珍珠,有味得多了。

"小"往往可以看到更细腻的情感,特别是写细微之心情。陆游有一首好诗《临安春雨初霁》:

世味年来薄似纱,谁令骑马客京华;
小楼一夜听春雨,深巷明朝卖杏花。
矮纸斜行闲作草,晴窗细乳戏分茶;

青衣莫起风尘叹,犹及清明可到家。

这是典型的"轻、薄、短、小"。想想看,如果是在大厦里听大雨,在大街看大男人穿梭车阵卖玉兰花,那是如何来写诗呢?

小儿女有情长之义,大英雄有气短之憾。送给情人的一小朵玫瑰花,其真情有时可比英雄们争斗于一片江山。

"时人见此一枝花,如梦相似。"

一毛端现宝王刹

智者大师说:"一色一香,无非中道。"一色一香虽然微细,却都有中道实相的本体。这就是《楞严经》说的"于一毛端现宝王刹",那是由于事理无碍、大小相含、一多平等的缘故。

所以,智者大师的"小止观"里有"大境界",一切"大师"都是从"小僧"做起。

正法眼藏里说:

一心一切法,一切法一心;
心即一切法,一切法即心。

从实相看,这个世界没有什么是真正地小,也没有什么是真正地大。那是有一个心的观照,观大则大,观小即小。

如来眼中的一毛端看到宝王刹,甚至每一毛孔都现出无量的三千大千世界;如来眼中的婆娑世界,也只不过是半个庵摩罗果呀!

锋利不动

别怕！别怕！业障虽大，自其变者而观之，不过是尘尘刹刹；精进！精进！善根虽小，自其不变者而观之，光影灼灼。

德山宣鉴禅师说："一毛吞海，海性无亏；纤芥投锋，锋利不动。"

在这广大的菩提之路，我们就是这样一小步一小步地走上前去。

每一年都会有小米丰收。

我们也会常常唱起小米丰收的歌呀！

那首歌或者没有歌词，或者含泪吟咏，但其中有至诚的祈祷、感恩、欢愉与歌颂，循环往复。

一遍又一遍。

豆腐的滋味

◎梁容若

　　生长在沙土绵延的地方,从小见惯了种大豆,豆子出产多,豆子的加工品自然也多。豆腐是天天见、满街卖的东西。油条就豆腐,豆腐脑拌辣子,蹲到担子上就吃,卖油条、买鸡蛋的,背锄的老王,打更的张三,谁也吃得起。见惯看腻,贱就不好,无色无香,再加上家乡豆腐常有的卤水苦涩味儿,所以我从小就不喜欢吃豆腐。七八岁的时候,闻到磨豆腐的气味就要发呕。菜里有了炸豆腐,一定要一块块地拣出来。这种偏憎,不知道被大人们申斥过多少次。从小学里知道了豆腐的营养价值,加上吃饭的礼貌训练、暴殄天物的禁条,使我不敢再在菜里拣出豆腐,可是碰到了它的时候,也只是勉强下咽,决不主动地找豆腐吃。

　　是一个兵荒马乱的残冬深夜,平汉路的火车,把我们摔在一个荒凉的小站上,又饥又渴,寒风刺骨,在喔喔的鸡声里,听到卖老豆腐(豆腐脑)的声音,大家抢着下车,你争我夺。我也拥在人堆里,一连吃了三碗。韭菜花的鲜味儿,麻油的芳香,上汤的清醇,吃下去真像猪八戒吞了人参果,遍体通泰,有说不出的熨帖。回到老家,向叔父报告,自己笑着说:"行年二十,才知道了豆腐的价值。"叔父本是豆腐的讴歌者,就趁机会大加教训,他说:"豆腐跟白菜并称,惟其平淡,所以才可以常吃久吃，才最为养人，才最能教人做人。我们是以豆腐传家，曾祖、祖父都是以学官终身，学正教授在清朝称为豆腐官，因为俸给微薄，只可以吃豆腐。你生在寒素的家庭，开口是有肉不吃豆腐，不但不近人情，也对不起祖宗！"叔父的话并不使我心服，不过当时听起来却很耸然动容。以后自己也想，不管是"天诱其衷"或是其他什么，适当的场合，吃些豆腐，既可恭承祖训，又能得到实惠，何乐而不为呢？从此我就成为豆腐的爱好者。北平的沙锅豆腐、奶汤豆腐，杭州的鱼头豆腐，乃至于六必居的臭豆腐、隆景和的酱豆腐、镇江的乳豆腐，我都领教过，留有深刻的印象。有一次还在北平的功德林，吃过一次豆腐全席，那是一个佛教馆子，因为要居士们戒荤，又怕他们馋嘴，就用豆腐做成大肉大鱼的种种形式，虽然有些矫揉造作，从豆腐的贡献想，真是摩顶放踵利天下为之了。

在东京上学的时候，有一个研究文化史的日本朋友，立志要作豆腐考。一个深夜，他与我谈到淮南王刘安发明豆腐的文献，谈到明末圣僧隐元到日本输入新的豆腐做法，又谈到李石曾先生在巴黎的豆腐公司。照他看，中国人在耶稣降生许多年以前，日本有文字许多年以前，发明了豆腐，要算文化史上的奇迹。他为了向一个发明豆腐国度的人表敬意，决意请两毛钱的客，要我一同去吃"汤豆腐"。"汤豆腐"是一种白水煮的豆腐，有些和豆腐脑相似，寒冷的冬夜，可以使我重温平汉车站吃老豆腐的趣味，就欣然地同他去。在汤豆腐刚到嘴的时候，他说："你看，这样一大碗，只卖三分钱，从日满经济合作以后，豆腐可真贱。现在家家早上吃酱汤都要放豆腐。连德国人也在向大连采购大豆呢。"他的话立刻激怒了我，我把碗一推回答："我感慨的是吃豆腐的人不是种大豆的人。圣僧隐元如果知道教会你们吃豆腐,还要送你们豆子,他一定后悔来日本。而且你们把劫掠的赃品卖到欧洲换飞机……"他看见我的眼泪掉在碗里,像是很后悔自己的失言,想用一种滑稽的调侃收场,他说:"您还是多吃两碗吧,种大豆的人如果知道运到东京的豆子,有一部分是他们所希望吃的人吃去,他们的苦痛会减少一点。您多吃一点不拿钱的豆腐,也算是对于帝国主义掠夺者的小小报复。老兄啊,我的豆腐考可不是要曲学阿世……"我无意于再借豆腐骂座,伤不必要的感情,可是"汤豆腐"无论如何也再咽不下去。我们终于默默地离别了。回来日记上记了一句:"同××吃哽咽的豆腐!"

在抗战期间,河套有一次荒年,稷米、莜麦都歉收,马铃薯也很少。只有泼辣的豆子照样结子儿。黄豆成了军民的主食,豆饼、豆面、豆芽、豆浆、豆腐、豆糕,颠来倒去,早晚是它。

大家一到饭厅,就皱眉叹气,咒骂:"该死的豆子!"有一次检讨会上,有人提出来:"如果没有黄豆,我们多少万军队除了吃草根黄土以外,什么办法都没有。通过几百里无人地带的绥宁公路,根本不可能接济大量粮食。是老天开眼,今年种豆得豆,豆饼豆腐使我们在塞外站住了脚,把国防线向东北推出了一千多里,我们有什么理由诅咒豆子呢?咬得菜根,则百事可做;吃着豆腐,还有什么事不可做?"这种道理一讲出来,大家对于豆腐豆饼等,立刻改了观感,不约而同地喊着:"感谢大豆! 拥护豆腐!"在这段故事里,我更重新体认了豆腐的价值,可是当时吃豆腐的滋味也还是辛酸的。

胜利以后,回到平津,满指望可以吃到用东北大豆做的豆腐,医治一下东京吃汤豆腐的心灵伤痕。亲眼看见,一船一船运到的是联合国救济总署从南北美搬来的施舍豆子,而松花江黑龙江平原的大豆,却是一列车一列车地送到西伯利亚,去换军火。谁能想到这种现象能延长到今天呢?

来到台湾,每天清早还能听到卖豆腐的声音,走到郊外,看见的都是山岭水田,哪里来这么多豆子呢?豆子的来源,还是求之于太平洋的对岸吧!想到路途是这样遥远,来路又靠不住,不必问当下价钱的贵贱,也就食不甘味了。

想起来,我是生长在吃豆腐的家庭,童年悟道不早,迷于正味。等到艰难奔波,理解了食谱,吃到的豆腐,又常常陪伴着哽咽辛酸的眼泪。很少时候能体验到豆腐平淡清醇的滋味。是我负豆腐,是豆腐负我,也真一言难尽。梦里不知身是客,几回从梦里看到了无边的豆田,黄荚累垂,像后套,像松花江平原,也像故乡滋河的弯曲处!又几回朦胧里回到童年,看着叔父的颜色,吞下有苦涩味儿的豆腐。醒来只是在惆怅空虚里,等候着"豆腐啦!豆腐啦!"台湾勤勉的老婆婆的清脆声音。

食

故乡的吃食

◎迟子建

　　北方人好吃,但吃得不像南方人那么讲究和精致,菜品味重色暗,所以真正能上得了席面的很少。不过寻常百姓家也是不需要什么席面的,所以那些家常菜一直是我们的最爱。

　　如果不年不节的,平素大家吃得都很简单。由于故乡地处苦寒之地,冬季漫长,寸草不生,所以吃不到新鲜的绿色蔬菜。我们食用的,都是晚秋时储藏在地窖里的菜:土豆、萝卜、白菜、胡萝卜、大头菜、倭瓜,当然还有腌制的酸菜和夏季时晒的干菜,比如豆角干、西葫芦干、茄子干等等。人们喜欢吃炖菜,冬天的菜尤其适合炖。将一大盆连汤带菜的热气腾腾的炖菜捧上桌,寒冷都被赶走了三分。人们喜欢把主食泡在炖菜中,比如玉米饼和高粱米饭,一经炖菜的浸润,有如酒经过了岁月的洗礼,滋味格外地醇厚。而到了夏季,炖菜就被蘸酱菜和炒菜代替了。园田中有各色碧绿的新鲜蔬菜,菠菜呀、黄瓜呀、青葱呀、生菜呀,等等,都适宜生着蘸酱吃;而芹菜、辣椒等等则可爆炒,这个季节的主食就不像冬天似的以干的为主了,这时候人们喜欢喝粥,芸豆大楂子粥、高粱米粥,以及小米绿豆粥,是此时餐桌的主宰。

　　家常便饭到了节日时,就像毛手毛脚的短工,被打发了,节日自有节日的吃食。先从春天说起吧。立春的那一天,家家都得烙春饼。春饼不能油大，要擀得薄如纸片，用慢火在锅里轻轻翻转，烙到白色的面饼上飞出一片片晚霞般的金黄的印记，饼就熟了。烙过春饼，再炒上一盘切得细若游丝的土豆丝，用春饼卷了吃，真的觉得春天温暖地回来了。除了吃春饼，这一天还要"啃春"，好像残冬是顽石一块，不动用牙齿啃噬它，春天的气息就飘不出来似的。我们啃春的对象就是萝卜，萝卜到了立春时，柴的比脆生的多，所以选啃春的萝卜就跟皇帝选妃子一样周折，既要看它的模样，又要看它是否丰腴，汁液是否饱满。很奇怪，啃过春后，嘴里就会荡漾着一股清香的气味，恰似春天草木复苏的气息。立春一过，离清明就不远了。人们这一天会挎着篮子去山上给已故的亲人上坟。篮子里装着染成红色的熟鸡蛋，它们被上过供后，依然会被带回到生者的餐桌上，由大家分食，据说吃了这样的鸡蛋很吉利。而谁家要是生了孩子，主人也会煮了鸡蛋，把皮染红，送与亲戚和邻里分享。所以我觉得红皮鸡蛋走在两个极端上：出生和死亡。它们像一双无形的大手，一手把新生婴儿托到尘世上，一手又把一个衰朽的生命送回尘土里。所以清明节的鸡蛋，吃起来总觉得有股土腥味。

清明过后，天气越来越暖了，野花开了，草也长高了，这时端午节来了。家家户户提前把风干的粽叶泡好，将糯米也泡好，包粽子的工作就开始了。粽子一般都包成菱形，若是用五彩线捆粽叶的话，粽子看上去就像花荷包了。粽子里通常要夹馅的，爱吃甜的就夹上红枣和豆沙，爱吃咸的就夹上一块腌肉。粽子蒸熟后，要放到凉水中浸着，这样放个两天三天都不会坏。父亲那时爱跟我们讲端午节的来历，讲屈原，讲他投水的那条汨罗江，讲人们包了粽子投到水里是为了喂鱼，鱼吃了

粽子,就不会吃屈原了。我那时一根筋,心想你们凭什么认为
鱼吃了粽子后就不会去吃人肉?我们一顿不是至少也得吃两
道菜吗!吃粽子跟吃点心是一样的,完全可以拿着它们到门
外去吃。门楣上插着拴着红葫芦的柳枝和艾蒿,一红一绿的,
看上去分外明丽,站在那儿吃粽子真的是无限风光。我那时
对屈原的诗一无所知,但我想他一定是个了不起的诗人,因为
世上的诗人很多,只有他才会给我们带来节日。

　　端午节之后的大节日,当属中秋节了。中秋节是一定要
吃月饼的。那时商店卖的月饼只有一种,馅是用青红丝、花生
仁、核桃仁以及白糖调和而成的,类似于现在的五仁月饼,非
常甜腻。我小的时候虫牙多,所以记得有两次八月十五吃月
饼时,吃得牙痛,大家赏月时,我却疼得呜呜直哭。爸爸会抱
起我,让我从月亮里看那个偷吃了长生不老药而飞入月宫的
嫦娥,可我那双蒙眬的泪眼看到的只是一团白花花的东西。
月光和我的泪花融合在一起了。在这一天,小孩子们爱唱一
首歌谣:蛤蟆蛤蟆气臌,气到八月十五,杀猪,宰羊,气得蛤蟆
直哭。

　　蛤蟆的哭声我没听到,倒是听见了自己牙痛的哭声。所
以我觉得自己就是歌谣中那只可怜的蛤蟆,因牙痛而不敢碰
中秋餐桌上丰盛的菜肴。

　　中秋一过,天就凉了,树叶黄了,秋风把黄叶吹得满天飞。
雪来了。雪一来,腊月和春节也就跟着来了。都说腊七腊八
冻掉下巴,所以到了腊八的时候,人们要煮腊八粥喝。腊八粥
的内容非常丰富,粥中不仅有多种多样的米,如玉米、高粱米、
小米、黑米、大米,还有一些豆类,如芸豆、绿豆、黑豆等,这些
米和豆经过几个小时慢火的熬制,香软滑腻,喝上这样一碗香

喷喷的粥,真的是不惧怕寒风和冰雪了。

一年中最大最隆重的节日莫过于春节了。我们那里一进腊月,女人们就开始忙年了。她们会每天发上一块大面团,花样翻新地蒸年干粮,什么馒头、豆包、糖三角、花卷、枣山,蒸好了就放到外面冻上,然后收到空面袋里,堆置在仓房,正月时随吃随取。除了蒸年干粮,腊月还要宰猪。宰猪就是男人们的事情了。谁家宰猪,那天就是谁家的节日。餐桌上少不了要有蒜泥血肠、大骨棒炖干豆角、酸菜白肉等令人胃口大开的菜。

人们一年的忙活,最终都聚集在除夕的那顿年夜饭里。除了必须要包饺子之外,家家都要做上一桌的荤菜,少则六个,多则十二、十八个,看到盘子挨着盘子,碗挨着碗,灯影下大人们脸上的表情就是平和的了。他们很知足地看着我们,就像一只羊喂饱了它的羊羔,满面温存。我们争着吃饺子,有时会被大人们悄悄包到饺子里的硬币给硌了牙,当我们"当啷"一声将硬币吐到桌子上时,我们就长了一岁。

吃他一年

◎车前子

春天,是吃它一年的开始。这开始绿油油的,让人心旷神怡。只是太短暂了。

"杯盘草草灯火昏",这个名句,如果有时令的话,放在夏天似乎是最为合适的。这样想,大概是与我在江南的生活有关。江南之夏,到了吃夜饭时,人们纷纷扛桌搬凳,坐到弄堂里,边吃夜饭,边乘风凉。在坐下的地方洒些井水,不一会儿,路灯亮了。黄色的木头电线杆,灯火,也像这电线杆,是黄色的,昏昧的。凳子上坐着大人小人,桌子上杯盘草草,吃的菜大抵是一样的。

这时,人的口味变得清淡,谁家桌上出现一碗红烧肉的话,邻居就会为他们的好胃口感到惊讶,背地里或许还会嘀咕几句,诸如"不要吃坏肚皮呵"之类的话。

不是说江南人到了夏天就不开荤,也吃,但不是大鱼大肉,而是时令性的荤腥了。

"咸鲞鱼炖蛋,扒扒三碗饭。"这鲞鱼是极咸的尤物,但十分地开胃,饭桌上只要有这道菜,饭也就吃多了。这道菜的色泽也很诱人,隔水炖时,鸡蛋是不打散的,蛋黄金煌,蛋白在鱼身上霜雪般凝结。不吃,看看也清凉。

老好婆们在冬天里腌的咸鱼咸肉,这时,都拿了出来。到了这时，其实也吃得差不多了。因为在春天里就开始剁一块咸鱼，割一片咸肉。咸肉像是中药里的甘草，扑克牌里的百搭，而最好吃的，还是咸肉冬瓜汤，再放上些浙江天目产的扁尖。烧咸肉冬瓜汤时，咸肉要肥瘦参半，冬瓜的皮与瓤一定要拾掇干净，尤其是靠瓤部分，发软发泡的一概削尽。老苏州烧此汤时，冬瓜是切块的，且煮得透烂，又不成形，外观上就不好看。营养是更损失了的。煮完冬瓜的汤水，就一泼，是不吃的，嫌有生腥气，把透烂的冬瓜块盛在淘米箩里，沥水备用，待咸肉煮汤香熟后，再把冬瓜块倒入咸肉汤中，煮沸离火。现在烧这汤，把冬瓜切为薄片，水里一焯后备用，颜色淡白微青，口感上生硬些，却更有风味了，盛夏的风味。

冬瓜还可烧虾米汤，这也是常吃的，习惯上叫"冬瓜虾米汤"，不叫"虾米冬瓜汤"。而"咸肉冬瓜汤"一般不叫"冬瓜咸肉汤"，看来在食品之中，也有个位尊位卑排名先后的问题。冬瓜素吃也好，葱油冬瓜绝妙，这一道菜看似简单，但火候极为讲究。

夏天吃火腿，是一年中最好的时令。火腿的存放，有一小小窍门：不必放冰箱，一是占地方，二还会败味。只要用报纸包好，存放在阴凉通风处，管保平安无事。千万不能用塑料袋盛装。当然，我说的是整腿。火腿切得愈薄，味愈美。

除了咸鱼咸肉，也会吃些鲜肉。一般是炒肉丝。茭白炒肉丝，榨菜炒肉丝。也用肉丝烧汤，常吃的是肉丝榨菜蛋汤。

咸鸭蛋是此时佳品，吃的时候一剖二，或一剖四，比拿起咸鸭蛋在桌子上一磕，有风趣得多。吴地旧俗，立夏这一天，小孩子要称体重，胸口挂咸鸭蛋。

六十年代，酱园店里有一种酱西瓜皮出售，真是味美呵。

食

现在已断档近三十年了,记忆中是脆里带着韧劲。前几年我曾自制过一回,味道相差得可太远了。记得父亲避难城外,想吃的就是言桥头酱园店里的酱西瓜皮,曾托人捎了口信,他的姑母,也就是我的姑祖母,一手托着一玻璃瓶酱西瓜皮,一手牵我,去城外看他。

姑祖母烧得一手好菜,我曾吃过她烧的绿豆芽塞肉。在夏天,绿豆芽是常吃的,而这道菜我却只吃过一次,因为太费工夫了。

苏州人在夏天,爱吃糟货醉物,这两味我也极爱,尤其是糟。北方人民不解糟味,有一皇城根诗人,读笔记读到了糟味,问我,我说了半天,他一摸脑袋,说这糟糕的"糟"会好到哪里。就像是豆汁,江南人也是不解其味的。我可能是个例外,是爱吃豆汁的。据说豆汁的上品是微酸微甜,只是我客居京华有年,还没有机会接触到上品豆汁。

毛豆子炒萝卜干,百吃不厌的消暑小菜。萝卜干的品质尤其重要。首选是常州萝卜干,好在生脆上,不足处是偏咸。其次是萧山萝卜干,好在甜鲜上,不足处偏韧。因为我极爱此小菜,所以常常炒来吃,并作些发挥:有时候,用扬州酱菜小黄瓜炒毛豆子;有时候,用镇江酱菜嫩姜炒毛豆子。

吃吃毛豆子炒萝卜干,一个夏天就过去了。

据说东北人到了"立秋"这一天,要吃点肉,说是长膘。而华东地区的人在这一天,是一定要吃点西瓜的。一个像是展望未来:天气将冷,身上不多些脂肪,怎么御寒? 一个像是回首往事:那么燠热又漫长的夏季,是怎么熬过来的?

不管吃什么,反正都要吃点东西,吃得差异,恰好说明了地大物博。饮食上的差异,是最让人惊讶的,且记忆深刻。前不久在国子监遇到位老者,和我闲聊,把我当成了南京人,就说起五十年前他在南京见到两样东西感到很奇怪,一是南京的烧饼有长条的,二是把白薯切片,底下铺一层碎冰,当水果卖。他的奇怪在于:饼应该是圆的,而白薯怎么能生吃!至今他的脸上还是一副大惑不解的样子。

秋天吃栗子,一件美事。美在怀揣一纸袋刚起锅的栗子,秋风冷冷,边吃边行,冰凉的手指插进热纸袋中,一如偷闲泡澡堂。但我并不太吃糖炒栗子,我几乎有成见。我在苏州三十年,没吃到过好的糖炒栗子。街上炒栗小贩,不是炒陈年僵栗子,这栗子陈年的程度,在我看来,完全可以把"糖炒"两字改为"唐朝",陈年得像是唐朝的栗子了,可能博物馆的人喜欢;就是先把栗子浸泡煮熟,以增加栗子的重量,届时,当着顾客的面假炒一番。许多次夜晚,我的好心境皆被这糖炒栗子毁坏。我是苏州人,但我并不喜欢苏州,或许就是被这些不守规矩的小贩所造成的。记得市文联门口的小摊,更恶劣,全是些陈年僵栗子,又被浸泡得自以为老大。

秋天吃新橘,也是件美事。夜晚在明代以来的繁华地阊门闲逛,施耐庵就死在这里。我买包新柑橘,回家一看,竟全是烂的。小贩给我使了调包计。恶贩与贪官,在我看来,是一样地凶残。

这样,秋天的吃似乎并不是美事了。也不尽然。秋天吃菱,还是大有乐趣的。

水红菱极美艳,生吃,犹如读宋人小令。水红菱只能生吃,我有位邻居是北方人,行医的,怕不卫生,上锅煮了,煮出了一锅水。由此也可看出水红菱的鲜嫩。江浙一带,我吃过湖州的水红菱与常熟的水红菱,认为是最好的。那两个地方

吃他一年

也有灵气,过去生活过一群出类拔萃的文化人。出得了文化人的地方,往往也有优秀食品出产。尽管现在已举目无"卿",但那股地气还若隐若现。

菱中的"和尚菱",形状可爱,品质也上乘。为什么叫"和尚菱"? 菱角菱角,菱皆有角,独此种菱无角,圆头圆脑的,皮色淡黄,极像规规矩矩的小沙弥。

秋天的吃中,以吃螃蟹为最隆重之事。

吃螃蟹,以一人独吃为佳。要吃出个悠闲劲。其次,是两三个好友。人一杂,就不是人吃蟹,而是牛嚼蟹了。

我在北京,沾光吃到了从阳澄湖空运来的"清水大闸蟹",一只半斤,雌雄捉对,请饭店加工,可惜厨师不知道捆扎,也不会割料。其实苏州的饭店也大多不讲究捆扎和割料了。煮螃蟹要捆扎,不然它在锅中垂死挣扎,肉质也就松了。蘸吃的佐料,无非就是姜、糖、醋、酱油这几样的合成,姜末要细,用白糖先渍一下,再加入镇江陈醋,调匀后,再倒些酱油。酱油不能多,否则会杀掉蟹味。味精是更不能放的。一位旧社会在富贵人家做家厨的老先生告诉我,姜末先糖渍,佐料的味就正。他的主人是吃得出的。我对老先生说:

"这样的舌头,已广陵散了吧。"

自己吃蟹,不如看别人吃,我说的是看张岱写吃蟹的小品,真是光鲜照人。

秋天,还有两样好东西:鸭梨与水萝卜。

冬天上饭店,是件苦差事。才吃暖的身子,回家路上热气就全跑了。冬天是居家的日子,把婚姻生活中的美满发展到极致的日子,如果有婚姻的话。还出什么门呢? 热火朝天地炖一锅羊肉,喝几杯绍酒,燕山雪花大如席,我自掩门读春秋。

冬天如果没有一个和睦的家庭，那是最头疼的事。

苏州，是一个与羊肉没什么缘分的城市，但一立冬，附近的农民也会赶到城内，临时租一间房子，开起羊肉店，一立春，顿作鸟兽散。苏州旧俗，说春天的羊肉有毒。看来苏州人是以小人之心，度伟大的羊肉之腹了。附近的农民，以藏书乡的烧得为最好。所以羊肉店门口，一律都挂"藏书羊肉"的招牌。即使"焚书"的，也是如此。藏书乡的农民，羊肉汤烧得的确好，羊糕也能做得软硬兼施，一刀切下去，是绝不会碎散的。而红烧羊肉，却要数吴江的桃源乡了。我吃过几回，某小说家请的客，味道最正，那烧羊肉的大师傅，与他家是世交，据说还有点姻亲关系。烧羊肉的大师傅，他的祖上也烧羊肉，有一次宰羊，那羊流泪，他的祖上也就不忍下手，又养了几天，当然，最后还是被宰了，被宰的原因因为这羊偷吃了大师傅祖上给他老母亲炖的冰糖红枣，这是冬令补品。不料，偷吃补品的羊，肉竟史无前例地丰美。从此，他家宰羊前，总先给羊喂上一碗冰糖红枣。不知这是不是小说笔法，但也可能是真的。袁世凯吃的填鸭，都先用鹿茸喂过。

白菜呢，白菜好吃又好看。白菜个头大，敦实，也憨厚，像蔬菜中的将军，像大王，但白菜好似从没有得到过这个地位，所以让白石老人也愤愤不平了，他在一幅画上题道：

"牡丹为花之王，荔枝为果之先，独不论白菜为菜之王何也？"

白菜好吃，白菜心尤其好吃，生吃，拌点鲜酱油、白糖、味精，就羊肉汤，羊肉汤也更鲜美了。

"新聚丰"饭店，以一味家常菜闻名，即"白菜烂糊肉丝"，五六十年代的上海人，比现在善吃，常坐了早班火车来吃这味家常菜,临走时还用备好的保温瓶再带上一瓶,到家尚热,正好孝敬父母。这是"新聚丰"的大师傅告诉我的。美食佳肴,能助伦理,也能兴教化。世风浇薄人心不古的年头,吃也会吃得粗糙。

我在七十年代初期吃过"新聚丰"的"白菜烂糊肉丝",那时,"新聚丰"已不做此菜,因请客的是吃客中的老法师,和店里的大师傅都很熟悉,所以他们就提前准备了。我父亲比较开通,"多年父子成朋友",他每有饭局,总带上我。"白菜烂糊肉丝",要一夜的火候,专门有位师傅看守。那天吃到的辣白菜,也极让我回味。

现在饭店里的"白菜烂糊肉丝",说句不客气的话,就是"白菜炒肉丝"而已。我后来吃到的,只有木渎"石家饭店"还像点样子。

"白菜烂糊肉丝",我在民国时的一本笔记上看到,在当时饭店的菜单上,菜名只写"白菜烂糊",或"烂糊白菜"。

吃一款美味,是一次修行。

江南小菜

◎徐凤

香椿

春天让人的嘴变馋了。香椿悄悄地上了人们的饭桌。在高高的山上,香椿寂寞地生长,它最嫩的时候,天还凉着,山上的花还都没有开;爱吃它的人赶紧上山了。这里的人叫它"香椿头",那是吃它的嫩头的意思;当地还有句俗话叫"吃嫩",是指别的意思了,其实,人都有吃嫩的心理。是从吃香椿头演化而来的吗?香椿分紫椿、油椿两种。紫椿质优,味微苦,温。药理上具有涩肠、止血、固精等作用。早年,江南一带有道凉菜叫"香椿拌豆腐",是把上好的紫椿在沸水里稍煮,以半熟为宜。然后切匀,浇上麻油,与滑嫩的小箱豆腐拌在一起,还可佐以虾皮、葱末、豆腐干丁之类,爽口而多味,口感极佳。微苦的香椿多嚼几下,就有回甘,那是一种悠长的滋味。现在流行吃一种"香椿炒鸡蛋",极香,油汪汪的;上了年纪的人,还是怀念清爽素净的香椿拌豆腐。

百合

"渎边"这两个字,宜兴以外的人很难理解。渎即湖边的村庄,宜兴称渎的地名很多;宜兴在太湖的西岸,沿太湖几十里,称渎边;这里的地貌又叫"夜湿地",一到夜间,太湖涨潮,水湿气渗透到地里,等于是最好的灌溉。白天太阳一晒,地又干了。百合就在这样的地里生长。我相信黄土高坡上的朋友读了这样的文字一定会羡慕的,老天爷为什么特别厚爱这里的人呢?这样的地里出的百合,肥硕饱满,吃口好。百合味性甘、平,具有补中益气、温肺止咳等功能。百合花在春天里开,它是素净的,没有玫瑰和康乃馨的时候,它就代表爱情了。现在它已被人遗忘,不过,它还是那样开着。一过农历七月十五,农人就收百合,过半个月就又种百合了。所以百合是苦命。它的味道也苦。早先,宜兴人待客,总是先上一碗百合浦鸡蛋,放少许冰糖、桂花;你吃着百合,涩涩的苦里有月黑浪高,淡淡的清香里有月明星稀;你想象着太湖边芦花飞扬雁声阵阵,你忽然觉得,这百合苦得让人留恋,它凝聚了太多的人生况味。

雁来蕈

山珍总是躲在隐蔽处。雁来蕈像一支伏兵,它们埋伏在某一棵松树的落荫部分,像躲在深闺里。有时,寻找它们的人们匆匆从它们身边走过,它们就暗笑,你听不见它们的声音,但松树听到了。后来你吃到的雁来蕈有淡淡的松针的清香,人们就说雁来蕈是松树的孩子。

北雁南飞的季节总是让人感怀。秋风一紧,松针纷落;雁来蕈上市了。一种最常见的吃法,是把它放在上好的酱油里,用文火熬;浸透了酱油的雁来蕈,让人看一眼就吊胃口;那香有些异,你能感觉到松风摇曳,有人在松下抚琴,风雅天然真没的说。雁来蕈一般不单做菜,或许是金贵;吃面条时,搛几块搭搭(宜兴话,品味的意思),浇上一点酱汁,是雁来蕈的原味,那样一种鲜,是难以用文字表达的。郭沫若早年到过宜兴,他口福好,宜兴的好东西都让他吃到了,雁来蕈尤其让他感到妙不可言。他的老乡苏东坡口福不比他差,吃了雁来蕈还做诗,当然不像《赤壁赋》那么有名。他还告诫别人,透鲜的东西不可多吃,食多无味。现在的人不一样了,我常常看到一大盆一大盆雁来蕈往酒席上送,个个像老牛吃嫩草,是的,现在雁来蕈不那么稀奇了,问题是,居然有人工培植的雁来蕈,一年四季悉听尊便,何等秋深雁来呢?怪不得不那么鲜了,像嚼嫩木头。

螺蛳

我一直认为,吃螺蛳就是吃地气。螺蛳在河泥里过日子,谁也不会羡慕它。它一生都没有见过什么世面,老天爷就赐予它一个坚硬的外壳,是为了让它不受欺负。河泥里不仅有大地的气息,也许还有许多人类无法享受的营养,螺蛳因福得福,因福得祸;所以人类就吃螺蛳了,那么小的东西,居然那么鲜美,可见人类是最刁钻的动物,只要鲜美,那么小的东西也不放过。

水乡的孩子没有不摸螺蛳的。我们的孩提时代,小河里的水永远是那样清澈。夏天,我们和水牛一样喜欢泡在水里,和水牛不一样的是我们还喜欢摸螺蛳。那几乎不需要技术,你往河泥多的地方踩,一摸就是一把螺蛳。不到半天我们的木桶里就满了。天下没有比螺蛳更胆小的动物了。你一碰它,它就缩进壳里。可它一有机会,就从壳里出来透气。我看见过螺蛳的眼睛像孩子一样顽皮,它想跟人玩,它不知道人只是为了不让它下锅的时候太脏,才把它像客人一样放在清水里养。它生命的最后几天是做贵族的,没有河泥的气息它们会有些难受,有些寂寞。最后它们就下油锅了。它们的末日是从屁股被剪掉开始的,在滚烫的油锅里它们尽情地舞蹈,黄酒、辣椒、酱油、生姜、葱花……都在成全它们变成佳肴。是的,江南的美味就集中在一个小小的螺蛳壳里。吮螺蛳,就在那一吮一吸之间,生活就粲然变得美好了,心气高的人,让他来吮吮螺蛳吧,你不一定比别人能,经常吮吮螺蛳,心就平常了。

敬　启

因为某些技术上的原因,致使本书的个别作者尚未能联络上。敬请见书后,即与责任编辑联系,以便我们及时奉上样书与薄酬,并敬请见谅。